La vengeance à tout prix

DIANA HAMILTON

La vengeance à tout prix

COLLECTION AZUR

éditions Harlequin

Cet ouvrage a été publié en langue anglaise
sous le titre :
A SPANISH VENGEANCE

Traduction française de
MONIQUE DE FONTENAY

83-85, boulevard Vincent-Auriol, 75013 PARIS — Tél. : 01 42 16 63 63

Service Lectrices — Tél. : 01 45 82 47 47
www.harlequin.fr

ISBN 978-2-2808-0863-7 — ISSN 0993-4448

1.

Lisa Pennington éprouvait un sentiment étrange, fait à la fois d'excitation et de crainte. Elle fouilla dans son sac, à la recherche d'un mouchoir, afin d'essuyer son front moite. Il faisait si chaud ! Pour la peau fragile d'une Anglaise, le soleil d'Espagne pouvait se révéler terriblement nocif. Si elle n'y prenait garde, elle allait devenir rouge écrevisse. Ce n'était vraiment pas le moment !

Aujourd'hui, plus que jamais, elle devait paraître à son avantage. Dans ce moment unique entre tous, elle devait se montrer calme, sereine, en pleine possession de ses moyens, ne serait-ce que pour contrer la réaction négative de Ben.

Se redressant de toute la hauteur de sa petite taille, Lisa carra ses épaules, sortit sa trousse à maquillage et, tout en marchant, se poudra le visage, atténuant ainsi le bronzage acquis durant ces huit semaines de vacances sous le soleil de Marbella. Elle mit également un peu d'ombre sur ses paupières et du rouge sur ses lèvres.

Depuis son arrivée à Marbella, sa tenue principale se composait essentiellement d'un short et d'un T-shirt, mais, pour cette soirée, elle avait revêtu une robe de soie qui, espérait-elle, lui donnait la sophistication nécessaire pour ce rendez-vous dans l'hôtel le plus huppé de l'endroit.

Demain, en compagnie de ses amis, Ben et Sophie, elle rentrerait en Angleterre. Mais ce soir, elle allait enfin connaître les intentions de Diego à son égard. En proie à une soudaine appréhension, elle sentit son estomac se nouer.

Diego... Elle l'aimait à en mourir. Durant les sept dernières semaines, il était devenu pour elle aussi indispensable que l'air qu'elle respirait.

Il l'aimait en retour, elle en était certaine. Cette certitude lui donnait la force de soulever des montagnes. Ce soir, Diego allait exprimer ses intentions quant à leur avenir. Pour quelle autre raison lui aurait-il donné rendez-vous dans cet hôtel luxueux, demandant à rencontrer ses amis de toujours, Ben et Sophie ?

Il connaissait les liens qui l'unissaient aux deux jumeaux, fils et fille de l'associé de son père. Tous trois étaient très intimes, surtout depuis la mort de la mère de Lisa, survenue quatre ans plus tôt. Ben et Sophie l'avaient alors prise sous leur aile protectrice.

Lisa formula le vœu que l'entrevue se passe le mieux possible et que Ben ne commette pas d'impair, mettant ainsi à mal l'orgueil du fier Espagnol. Que les trois personnes qu'elle aimait le plus au monde entrent en conflit lui serait insupportable.

Elle lança un regard en direction de Ben, qui déambulait à son côté, les yeux rivés sur les luxueuses voitures de sport qu'on pouvait voir à cette heure sur la route longeant le bord de mer. Mais elle savait que, au moindre problème, l'attention du jeune homme se reporterait aussitôt sur elle.

A vingt ans, de deux ans à peine son aîné, Ben se comportait avec elle comme le plus draconien des chaperons. Lisa laissa échapper un profond soupir au souvenir des commentaires que Sophie et lui n'avaient pas manqué d'émettre lors de son aveu : si, au lieu de rester en leur compagnie, elle disparaissait durant des heures, chaque jour, c'est qu'un événement important s'était produit... Elle avait rencontré l'homme de sa vie.

— Il s'appelle Diego Raffacani. Il est espagnol, et c'est l'homme le plus séduisant du monde.

— Quel âge a-t-il ? avait aussitôt demandé Ben, les sourcils froncés. Puisqu'il passe ses journées avec toi, je suppose qu'il est sans emploi !

Piquée au vif, Lisa s'était redressée.

— Tu te trompes. Diego travaille tous les soirs dans un des hôtels-restaurants de Marbella. Voilà pourquoi il est libre durant la journée. Et, puisque tu le demandes, il a vingt-deux ans, donc quatre ans de plus que moi.

— Un serveur ! s'était exclamé Ben, une moue méprisante sur les lèvres. C'est tout ce que tu as trouvé ! Tu ne pouvais tomber plus mal, ma chère Lisa…

Lisa n'avait pu retenir le sourire qui lui venait aux lèvres.

Tomber ! Sans le vouloir, Ben avait employé le mot adéquat. Elle revécut alors en pensée l'accident survenu trois semaines plus tôt quand, pour la première fois depuis le début des vacances, elle avait faussé compagnie à ses amis pour marcher seule dans la campagne. Progressivement, elle s'était lassée de jouer au golf, de déambuler devant les boutiques luxueuses ou de s'asseoir à la terrasse des cafés, avec l'espoir d'apercevoir les vedettes fréquentant le lieu. Elle avait préféré partir, en solitaire, à la découverte des beautés naturelles de l'arrière-pays.

Alors qu'elle grimpait sur un chemin étroit à l'assaut d'une colline, le bruit d'un scooter arrivant derrière elle l'avait fait se retourner. Reculant pour le laisser passer, elle était tombée malencontreusement dans le fossé herbeux bordant le bas-côté de la route. Abandonnant son scooter, le conducteur s'était aussitôt précipité pour l'aider à se relever.

Il était jeune, et beau comme un dieu.

Leurs yeux s'étaient rencontrés, et comme soudés. Le cœur de Lisa s'était aussitôt emballé. Jamais, jusqu'alors, elle n'avait rencontré un homme qui ait produit sur elle pareil effet.

Prenant ses mains dans les siennes, il l'avait aidée à se relever, s'assurant qu'elle n'était pas blessée. Durant de longues et interminables secondes, ils étaient restés, debout, face à face, les yeux dans les yeux, leurs mains jointes. La folle course du temps avait alors semblé s'arrêter. Ils étaient seuls au monde, enfermés dans une bulle, hors du temps et de l'espace.

C'est ainsi que tout avait commencé. Un coup de foudre réciproque. Cette chose décrite dans les romans à l'eau de rose existait vraiment. Plus jamais elle ne s'en moquerait, à l'avenir.

La confession à ses amis avait eu lieu autour de la table du petit déjeuner, dans la maison louée pour les vacances. Visiblement inquiet, Ben avait levé les yeux au ciel tandis que ceux de Sophie se remplissaient d'étoiles.

— Comme c'est romantique !

— J'espère que tu te montres raisonnable, Lisa ! avait énoncé Ben d'un ton docte.

Raisonnable ! Peut-on parler de « raison » quand on est fou amoureux ? S'il n'avait tenu qu'à elle… Fort heureusement, en parfait gentleman, Diego se montrait raisonnable pour deux.

— Tu es très jeune, *querida*, avait-il déclaré. Un jour, tu seras ma femme. Mais en attendant, te respecter m'importe plus que tout.

Elle avait cru bon de lancer, telle une boutade :

— S'agirait-il d'une demande en mariage ?

— Oui, en quelque sorte, *querida*. Tu es celle que j'attendais. Je t'aime pour la vie.

— Quand nous marierons-nous ? avait-elle alors demandé, la gorge nouée par l'émotion.

— Dès que nous serons prêts, *amor mio*. Quand tu auras terminé ton cursus universitaire, par exemple.

— Mais cela va prendre des années !

Il l'avait serrée contre son cœur.

— Notre amour est éternel. Le temps ne peut rien contre lui. J'ai, moi aussi, des choses à accomplir avant ce grand jour. Tu verras, le temps va passer très vite. Tu auras des vacances. Je te ferai savoir où je suis. Tu viendras me rejoindre.

Son sourire s'était élargi.

— Ton père semble être très riche. Il paiera pour les billets d'avion.

Comme s'il avait assisté en personne à cette partie de l'entretien, les lèvres pincées, Ben avait lancé, autour de la table du petit déjeuner :

— Je suppose que tu as dit à ce Diego qui tu étais ?

— Bien entendu !

— Il sait donc que nos pères sont les patrons d'une maison d'édition florissante qui publie de nombreux magazines, dont le fameux *Lifestyle*, et que…

— Ben, je t'en prie, cesse de parler en expert-comptable ! s'était écriée Lisa, mortifiée devant le manque d'enthousiasme de son ami de toujours.

Ben venait de terminer son cursus universitaire dans le domaine de l'expertise commerciale et, à son retour de vacances, un poste l'attendait dans l'entreprise familiale.

— Tu te trompes, Lisa. Je ne te parle pas en tant qu'expert financier mais comme ton meilleur ami soucieux de préserver tes intérêts. Je ne veux que ton bien. Marbella attire les gigolos comme le miel attire les mouches. J'ose espérer que ton serveur ne t'a pas extorqué un cadeau de valeur.

Lisa s'était mordu la lèvre. Diego ne lui avait pas « extorqué » de cadeau. Elle le lui avait offert spontanément. Un jour qu'ils se trouvaient tous deux allongés sur le sable d'une crique isolée, loin de la foule des touristes, Diego avait brusquement découvert que sa montre n'était plus à son poignet.

— Le fermoir a dû s'ouvrir sans que je m'en aperçoive ! avait-il déclaré, visiblement ennuyé.

Le salaire d'un serveur ne devait pas lui permettre des

dépenses excessives, avait aussitôt pensé Lisa, le cœur serré.

Le soir même, tandis que Ben et Sophie admiraient, fascinés, les yachts de la marina, Lisa s'était discrètement éclipsée et, dans une joaillerie, avait acheté une luxueuse montre en or pour l'homme qu'elle aimait.

— Contrairement à ce que tu crois, Ben, Diego n'aime pas Marbella, expliqua-t-elle. Il trouve l'endroit trop glamour et artificiel. Pour lui, Marbella ne représente pas l'Espagne authentique. En sa compagnie, j'ai découvert les villages typiques de l'arrière-pays et les criques isolées.

Ben était son meilleur ami depuis l'enfance. Elle éprouvait pour lui une amitié sincère. Qu'il puisse penser que Diego ne s'intéressait à elle que pour son argent lui causait beaucoup de peine. Pour rien au monde elle ne lui avouerait avoir fait ce cadeau somptueux.

— Quand vas-tu nous le présenter ? avait alors demandé Sophie, les yeux luisant de curiosité. J'ai hâte de le connaître.

Jusqu'alors, Diego avait refusé obstinément sa proposition de rencontrer ses amis.

— Je veux profiter de chaque seconde de ta présence à mes côtés, *querida*. Je suis très possessif lorsqu'il s'agit de toi.

Mais, aujourd'hui, à sa propre demande, tous trois étaient en route pour le rencontrer. Ils approchaient du lieu du rendez-vous, un hôtel majestueux dominant une plage de sable fin ombrée de palmiers.

Le cœur de Lisa dansait une folle sarabande dans sa poitrine. Tout allait bien se passer, elle en était certaine. Ben serait alors obligé de reconnaître qu'il s'était trompé, que Diego était vraiment l'être le plus merveilleux au monde.

Dans son for intérieur, elle excusait son ami. Depuis leur plus tendre enfance, Ben jouait au grand frère protecteur, la protégeant des sottises qu'avec son enthousiasme spontané elle était toujours prête à commettre.

— Oh, venez voir cette merveille ! s'exclama soudain Sophie en s'arrêtant, extatique, devant la vitrine d'une des boutiques luxueuses de la rue.

Ben rejoignit aussitôt sa jumelle, tandis que Lisa se tenait à l'écart, trop bouleversée par sa prochaine rencontre avec Diego pour s'intéresser à quoi que ce soit d'autre.

Jetant un regard à sa montre de platine — cadeau de son père pour ses dix-huit ans, sans doute fait pour compenser un manque total d'affection paternelle —, elle prit conscience qu'il restait encore une demi-heure avant le rendez-vous. Une éternité !

La ville commençait à bruire de la folle frénésie de la nuit à venir. Une foule de plus en plus compacte envahissait les trottoirs, anxieuse de voir et d'être vue, et les somptueuses voitures de sport faisaient leur show habituel sur cette rue du bord de mer.

L'une d'entre elles attira l'attention de Lisa : un coupé sport rouge sang, décapotable, conduit par une créature de rêve semblant s'être échappée des pages d'un magazine de mode. Mais ce fut surtout son passager qui focalisa son regard.

Diego !

C'était lui, à n'en pas douter, même si sa tenue d'une rare élégance était fort différente de celle qu'il portait habituellement lors de leurs rencontres.

Le coupé se rangea le long du trottoir devant la vitrine d'une luxueuse joaillerie, une place pourtant affichée interdite au stationnement.

Retirant son bras posé sur le dossier, derrière les épaules de la conductrice, Diego descendit du véhicule avec aisance. De toute évidence, il avait fait l'effort de s'habiller en vue du rendez-vous programmé quelques instants plus tard. Il était splendide. Tout comme eux, il avait une demi-heure d'avance sur l'horaire prévu. La créature de rêve devait lui avoir proposé de le déposer. Elle était probablement descendue à l'hôtel où il travaillait.

Ces explications venaient facilement à l'esprit de Lisa, même si les accusations de Ben résonnaient encore à ses oreilles.

Elle s'apprêtait à se manifester à l'attention de Diego quand, faisant le tour du véhicule, il vint ouvrir la portière de la belle conductrice, prenant ses mains dans les siennes et ne les lâchant plus.

Elle était belle à couper le souffle ! Perchée sur ses escarpins à talons, elle n'avait que quelques centimètres de moins que Diego. Ce dernier lui sourit comme si elle était la huitième merveille du monde. Quand elle déposa un baiser sur sa joue, le cœur de Lisa faillit s'arrêter de battre. Puis, s'emparant de la main de Diego, la créature l'entraîna en riant vers la porte de la joaillerie, dans laquelle ils pénétrèrent tous deux.

Portant la main à son cœur, Lisa sentit tout d'abord une chaleur insupportable l'envahir, suivie aussitôt d'un froid glacial. La respiration oppressée, elle tituba et dut s'appuyer contre le mur pour ne pas tomber. Il devait y avoir une explication à la scène dont elle venait d'être le témoin involontaire, mais son esprit enfiévré la chercha en vain.

Car une créature de rêve sortie tout droit d'un magazine de mode ne donne pas un baiser à un serveur, à moins d'entretenir avec lui une relation intime. C'est alors qu'elle se souvint d'un détail important. La veille, en la quittant, Diego lui avait annoncé que le lendemain, à son grand regret, il ne pourrait passer la journée en sa compagnie.

— J'ai des choses importantes à faire, avait-il déclaré, mais nous nous verrons dans la soirée, avec tes amis.

Quelques années auparavant, elle aurait sans doute trépigné de rage en apprenant, de la bouche de l'être aimé, qu'il ne pourrait passer la dernière journée de ses vacances avec elle. Mais, à dix-huit ans, elle était adulte et capable de se conduire comme telle.

— A demain soir, donc ! avait-elle lancé, jouant l'indifférence.

« J'ai des choses importantes à faire ! » Lui trouver une remplaçante glamour faisait-il partie de ces choses « importantes » ?

Une fois encore, Lisa épongea son front moite. Que lui arrivait-il ? Avoir de telles pensées n'était pas dans sa nature. C'était la faute de Ben ! Pourquoi avait-il émis l'hypothèse que Diego ne soit qu'un gigolo venu à Marbella pour séduire les jeunes femmes fortunées et désœuvrées ?

— Que se passe-t-il, Lisa ? demanda Sophie en glissant affectueusement son bras sous le sien. Tu t'entraînes à être une statue ? Tu aurais dû venir admirer cette robe, dans la vitrine. Une splendeur ! Mais tu connais mon frère. Il m'a affirmé que, vu son prix, je devrais la porter pendant au moins quinze ans pour la rentabiliser !

— Le discours typique d'un expert-comptable, répliqua Lisa, hargneuse. Ton frère peut parfois être d'un ennui !

— Lisa ! protesta aussitôt Sophie, toujours prête à défendre son jumeau. Ben est le plus raisonnable de nous trois, c'est vrai. Mais bien des fois il nous a évité de faire des bêtises ! Allez, quitte cet air tragique. Tu ne vas pas à un enterrement, mais au rendez-vous donné par ton amoureux ! Il semble que ses intentions soient sérieuses, puisqu'il a demandé à nous rencontrer avant notre retour en Angleterre.

« Que veut-il exactement ? se demanda Lisa. Un repas d'adieu avant de disparaître à jamais de ma vie ? »

Elle détesta cette pensée. Elle n'avait pas le droit de douter des intentions de l'être aimé. Diego n'avait pas montré un très grand intérêt pour les restaurants luxueux et hors de prix de Marbella, leur préférant de simples pique-niques dans des criques discrètes et désertes, loin des plages fréquentées par la clientèle huppée de l'endroit.

Ben les rejoignit au moment de monter les marches de l'escalier menant à l'entrée imposante de l'hôtel.

— Nous sommes en avance, dit-il.

Sophie haussa les épaules.

— Installons-nous dans le salon de l'entrée, proposa-t-elle. Nous pourrons ainsi admirer tout à loisir les tenues sophistiquées des clientes de cet endroit.

Et sans plus tarder, elle s'engouffra dans la porte tournante. Lisa la suivit, impatiente d'entendre les explications de Diego quant à la scène qu'elle venait de surprendre. Pourquoi était-il entré dans cette joaillerie au bras de cette splendide créature ?

Malgré la climatisation bienvenue de l'endroit, le temps sembla s'écouler avec une lenteur exaspérante. Tout, dans ce lieu, respirait le luxe et la richesse : le marbre des colonnes et du sol, l'or des chandeliers, la qualité des rideaux et des tapisseries ornant les murs. Assise dans un des fauteuils de cuir placé autour d'une table basse, Lisa tournait le dos à la porte d'entrée, tandis que Sophie — ayant résolument pris place en face — ne manquait pas de scruter tout nouvel arrivant.

— Oh…, s'exclama-t-elle soudain, des étoiles plein les yeux, voici un homme avec qui je passerais bien ma dernière soirée de vacances en Espagne ! Hélas, il semble déjà pris ! Regarde, Lisa…

Toute distraction de cette attente insupportable étant la bienvenue, Lisa se retourna et eut toutes les peines du monde à étouffer le cri qui lui venait aux lèvres.

Diego venait de pénétrer dans l'hôtel, la créature de rêve accrochée à son bras. Comment osait-il…

Brusquement, tous les moments merveilleux vécus en compagnie de cet homme disparurent de sa mémoire, balayés par un horrible sentiment de dégoût. Elle voulut détourner son regard mais, comme hypnotisée, elle contempla la scène se déroulant à quelques pas d'elle. Diego venait d'ouvrir l'écrin de velours rouge qu'il tenait dans les mains et le couple contemplait son contenu, un sourire complice sur les lèvres. Puis Diego referma l'écrin et le glissa dans sa poche. Venait-il de se faire offrir une chevalière en or pour l'assortir à sa montre ?

Sa compagne murmura quelques mots à son oreille et il fit un signe d'assentiment de la tête. Elle s'éloigna alors vers les ascenseurs et il la suivit du regard, jusqu'à ce que la porte de l'un d'eux se referme sur elle.

— Ils sont magnifiques, non ? lança Sophie.

Lisa dut faire un terrible effort sur elle-même pour retrouver l'usage de la parole. Ainsi, Ben avait raison. Diego recherchait la compagnie des femmes fortunées. Il les collectionnait.

— Allons au bar, dit-elle. Je meurs de soif.

Elle sauta sur ses pieds, indifférente aux protestations de Sophie, désolée de quitter son poste d'observation. Ben regarda sa montre. Il restait quelques minutes avant le rendez-vous. Il n'était pas mécontent de boire un verre. Lui aussi avait soif.

Lisa commanda d'autorité une bouteille de champagne. Elle aurait préféré une boisson plus forte, comme le whisky, mais Ben ne l'aurait pas permis. Une jeune fille de bonne famille ne s'adonne pas à ce type de boisson. Lisa but d'un trait le contenu du verre qu'il lui servit et, tandis qu'il regardait une nouvelle fois sa montre, s'en resservit un deuxième qu'elle but aussitôt sans qu'il s'en aperçoive.

— Ton prince charmant est en retard, déclara Ben en reportant son regard sur elle. On danse ?

Lisa accepta. Tout valait mieux que rester assise, le cœur en miettes. Mais les deux verres de champagne faisant leur effet, elle sentit la tête lui tourner. Elle s'accrocha au cou de son cavalier.

— Fatiguée, Lisa ? demanda Ben, en la pressant contre lui pour la soutenir.

C'est alors que Diego apparut. Le monstre ! Comment osait-il se présenter à leur rendez-vous ? La nausée lui monta aux lèvres. Elle n'était plus habitée que par une pensée : se venger !

« Montre-lui que tu n'es pas la pauvre oie blanche pour laquelle il te prend, Lisa ! »

Désormais dépourvue de toute pensée raisonnable, tandis que Diego posait son regard sur elle, elle leva son visage vers celui de Ben et l'embrassa à pleine bouche.

Quand ses yeux se posèrent de nouveau sur Diego, elle vit ses traits figés, son teint blême, ses yeux noirs de colère.

A l'évidence, il n'aimait pas ce qu'il voyait !

Mais quand, lui tournant le dos, les épaules rigides, il quitta la pièce sans un mot, elle faillit courir derrière lui pour le rattraper, s'excuser, lui demander, suppliante, que tout redevienne comme avant.

Mais elle ne pouvait faire ça. Le conte de fées était terminé. Son beau rêve s'écroulait.

Elle se tourna vers Ben qui la regardait, pétrifié.

— Rentrons, Ben. Diego ne viendra pas. Je t'expliquerai. Tu avais mille fois raison. Rentrons, je t'en supplie.

2.

Quelqu'un l'observait, elle en était certaine. Lisa ressentait physiquement l'impact d'un regard sur elle. Un regard qui n'avait rien à voir avec ceux, amicaux, croisés tout au long de cette soirée réunissant les riches et les puissants de ce monde pour un bal de charité.

Un regard inamical, qui pesait sur sa nuque. Une impression désagréable et perturbante.

Un frisson de peur courut le long de sa colonne vertébrale.

Tout cela n'était pas réel. Elle était victime de son imagination ou de son extrême fatigue.

Elle participait à cette soirée, en service commandé, pour le magazine *Lifestyle*. Ce bal réunissait entre autres, ce soir, tous ceux qui font et défont la mode du moment. Neil, son photographe, avait pris les clichés adéquats. Elle rédigerait l'article les accompagnant.

Elle devait impérativement retrouver Neil dans la foule et lui annoncer qu'elle rentrait se coucher. Elle était si fatiguée que ses jambes refusaient de la porter plus longtemps. Si les choses continuaient à se dégrader, elle allait bientôt devoir porter, à elle seule, toute la charge des articles du magazine et travailler en continu sept jours sur sept !

« Les rats quittent le navire ! » Tel était le commentaire de son père chaque fois qu'une lettre de démission lui parvenait. Les rumeurs concernant le rachat de la maison d'édition familiale se faisaient de plus en plus fortes. Elles lui donnaient la migraine. A présent, elle aspirait à rentrer chez elle.

Elle se dirigea vers le buffet, où elle retrouva Neil occupé à dévorer les canapés, comme à son habitude.

— Je rentre, Neil, annonça-t-elle. Nous avons tous les clichés nécessaires.

Le photographe scruta attentivement son visage.

— Tu as l'air épuisée ! s'exclama-t-il en abandonnant les canapés pour un verre de champagne. Tu en fais trop, Lisa… Si tu veux bien attendre quelques minutes, je te raccompagne chez toi en voiture. A propos, merci de m'avoir invité, demain soir, pour cette soirée en l'honneur de tes fiançailles.

— Plus on est de fous, plus on rit !

Un sourire fleurit enfin sur ses lèvres, le premier de la soirée. Cher Ben ! Elle ferait de son mieux pour être une bonne épouse. Certes, ils n'éprouvaient pas cette grande passion décrite dans les romans d'amour, mais tous deux avaient considéré cela comme un avantage. Un mariage fondé sur l'amitié, la tendresse, la confiance et le respect mutuels serait le gage d'une vie stable et harmonieuse. Ils en avaient longuement discuté et accepté le présage.

Hélas, la désagréable sensation d'être observée revint en force. Elle frémit de tout son être. La peur l'envahit, balayant d'un seul coup les pensées réconfortantes apportées par la perspective de ses fiançailles.

Elle devait quitter ce lieu et regagner au plus vite l'appartement qu'elle partageait avec Sophie.

— Je te remercie pour ton offre, Neil, mais prends ton temps, profite de la soirée. Je vais rentrer en taxi.

Au moment où elle se retournait pour partir, elle reçut de plein fouet l'impact d'un regard noir, glacial, posé sur elle. Elle porta la main à son cœur, sur le point de défaillir.

— Diego !

Le prénom s'était échappé de ses lèvres sans qu'elle pût rien faire pour le retenir.

Il était exactement comme dans ses souvenirs, à l'exception de quelques subtils changements, comme son élégance raffinée, qui le faisait paraître plus âgé que ses vingt-sept ans. Son costume à la coupe parfaite le rendait impressionnant. De toute évidence, il était devenu un homme conscient de son pouvoir, parfaitement à l'aise parmi les riches et les puissants de ce monde, dont il semblait faire désormais partie. Les traits réguliers de son visage montraient une fière arrogance, et ses yeux d'un noir profond la scrutaient sans manifester la moindre émotion.

Il se contenta de lui faire un salut d'un signe de tête, avant de tourner les talons et de disparaître de sa vue, sans un mot, comme s'il ne pouvait s'abaisser à un échange verbal avec la quantité négligeable qu'elle représentait.

Sophie se tenait négligemment allongée sur le sofa du salon de leur appartement, le visage détendu, du moins jusqu'à ce que ses yeux se posent sur le visage de son amie rentrant du bal.

— Dieu du ciel, Lisa, que t'arrive-t-il ? Tu as une mine cadavérique. Neil se serait-il mal conduit avec toi ?

— Non ! Je suis tout simplement épuisée. Ces bals de charité sont d'un ennui mortel !

— Tu en fais trop, Lisa ! Jamais tu n'aurais dû accepter de faire ce reportage, en plus de tout ce que tu fais déjà pour ce satané magazine. Tu vas y laisser ta santé ! Heureusement que je n'ai pas accepté leur proposition de travailler dans l'équipe… J'ai pu ainsi terminer mes études de kiné, et j'en suis très heureuse.

Lisa laissa échapper un soupir et se débarrassa de ses chaussures. Sophie avait réussi à suivre les études de son choix. Pas elle. Dès son retour d'Espagne, son père lui avait demandé de reconsidérer ses plans pour le futur. La maison d'édition connaissait de sérieuses difficultés. Elle allait devoir se réorganiser, se débarrasser de certaines de ses activités non rentables, réduire son personnel. Ils allaient tous devoir faire des sacrifices afin de sauver ce qui pouvait encore l'être. Elle-même allait devoir renoncer à ses études pour rentrer dans l'équipe à un bas salaire.

Dans l'état de fragilité émotionnelle excessive dans lequel elle se trouvait, Lisa n'avait pas eu la force de combattre la volonté paternelle.

Elle s'apprêtait à informer Sophie de la rencontre faite en fin de soirée, quand ses yeux se posèrent sur la bouteille de champagne et les deux flûtes préparées sur la table basse. Etonnée, elle lança à son amie un regard interrogateur.

— James m'a demandé de l'épouser et j'ai accepté, avoua Sophie, le rouge aux joues.

Oubliant aussitôt sa peine, Lisa bondit sur ses pieds et se précipita vers son amie pour la serrer dans ses bras.

— Je suis si heureuse pour toi, Sophie !

Durant ses études à l'université, la sœur jumelle de Ben était tombée éperdument amoureuse d'un très séduisant étudiant en médecine.

— Raconte-moi tout…

— On a proposé à James de rentrer dans un cabinet médical sur la côte ouest. Il me propose de l'accompagner. Nous allons nous chercher une maison, là-bas.

— Wouah…

— J'espère pouvoir exercer mon métier.

— Je vous souhaite à tous deux de réussir et d'être heureux !

Les deux jeunes femmes levèrent ensemble leur coupe remplie du joyeux liquide à bulles. Lisa enviait l'enthousiasme évident de Sophie. Elle faisait un mariage d'amour.

— Quand est programmé le grand jour ?

— Dans trois mois. Nous pourrions associer nos deux

mariages, Lisa ! Ce serait fantastique ! Ben et toi pourriez nous rejoindre là-bas. Le temps est venu pour Ben de quitter le giron paternel et de fonder sa propre entreprise.

Pourquoi pas ? se dit Lisa tandis que son amie, décidément en verve, parlait robe de mariée, cérémonie de mariage, lune de miel.

Ben avait, quant à lui, envisagé d'attendre un an encore après leurs fiançailles pour sauter le pas. En attendant, il continuait à loger dans la maison familiale. Avec les économies ainsi réalisées, affirmait-il, ils allaient pouvoir investir dans l'achat d'une maison, au moment du mariage.

Après le deuxième verre de champagne, Lisa lança tout de go :

— Il était présent au bal de charité, ce soir, Sophie. C'est incroyable, il n'a guère changé depuis la dernière fois que je l'ai vu !

— Mais de qui parles-tu ? demanda Sophie, les sourcils en arc de cercle.

— De Diego !

Le prénom, jamais plus utilisé durant cinq longues années, venait de jaillir de nouveau de ses lèvres, ramenant à son esprit le cortège des souvenirs et, avec eux, la colère et la souffrance.

Sa verve brusquement tarie, Sophie fixait sur elle un regard vide.

— Qui est Diego ?

— Souviens-toi ! Nos vacances passées à Marbella, il y a cinq ans...

— Ce maudit serveur qui t'a laissée tomber la veille de ton retour en Angleterre ? J'espère que tu lui as lancé au visage ce que tu pensais de lui !

— Nous ne nous sommes pas parlé...

— Que diable faisait-il à ce bal ?

— Il semble qu'il fasse désormais partie des grands de

ce monde. Seuls les gens les plus fortunés étaient invités à cette soirée.

— A ta place, j'en aurais profité pour lui dire son fait devant tout le monde ! Mais oublions cet ignoble individu et consacrons-nous à des choses plus intéressantes. Quelle robe vas-tu porter, demain, pour tes fiançailles ?

La demeure des parents de Ben et Sophie avait pris un air de fête. De savants bouquets de fleurs ornaient chaque pièce. Les meubles avaient été poussés afin de permettre la mise en place d'un somptueux buffet.

Jusqu'à la mort de sa mère, Lisa avait habité une demeure semblable à celle-ci. Elle était au pensionnat, à quatorze ans, quand la terrible nouvelle lui avait été communiquée. Mais ce n'est qu'après les funérailles, quand son père lui avait annoncé qu'il allait vendre la maison — devenue trop grande pour un homme seul — qu'elle avait mesuré l'ampleur de sa perte.

Sa mère lui avait toujours témoigné une grande tendresse, son père la plus totale indifférence. Naïve, Lisa avait pensé que ce deuil tragique les rapprocherait. Elle se trompait. Son père devint plus distant encore. Ce fut vraiment évident quand, à son retour du pensionnat pour les vacances d'été, il lui annonça tout de go :

— Les Clayton proposent que tu ailles t'installer chez eux pour les vacances. Leurs jumeaux, Ben et Sophie, sont très proches de toi. Tu seras mieux avec eux qu'avec moi.

Lisa repoussa les pensées sombres qui lui venaient à l'esprit. Elle se devait de réagir. Elle venait à une fête — ses fiançailles —, et pas à un enterrement !

La plupart des invités étaient déjà arrivés quand elle fit son entrée. Remettant sa veste entre les mains de la domestique venue l'accueillir, elle se mit en quête de Ben.

Sa progression fut lente, chacun des invités tenant à lui

adresser ses félicitations. Elle finit par apercevoir Ben et ses parents, près d'une fenêtre. Ils semblaient en grande conversation. Celle-ci cessa brusquement à son arrivée.

— Quelque chose ne va pas ? demanda-t-elle.

Tous trois semblaient anormalement préoccupés, mais Honor Clayton la rassura aussitôt.

— Non, non, tout va bien... Tu es vraiment ravissante, ce soir, Lisa ! Sophie n'est pas avec toi ?

— Elle attend James. Il doit passer la prendre à l'appartement. Elle tenait beaucoup à arriver en sa compagnie.

Elle glissa son bras sous celui de Ben.

— Vous connaissez tous la nouvelle, bien entendu !

— Epouser un médecin débutant ! s'exclama Honor, les lèvres pincées. J'espère qu'elle sait ce qu'elle fait.

Elle laissa échapper un profond soupir.

— Seul l'avenir nous le dira...

— Elle est très heureuse, aujourd'hui, affirma Lisa, toujours prête à soutenir son amie.

Sa future belle-mère ne désirait sans doute que le bonheur de ses enfants. Lisa ne pouvait oublier qu'elle lui avait spontanément ouvert sa maison à la mort de sa propre mère.

— Où est mon père ? s'enquit-elle.

Une fois encore, elle sentit le malaise qui les étreignait depuis son arrivée.

Arthur Clayton — qui n'avait encore dit mot — regarda tout d'abord son fils, puis sa femme.

— Ton père s'est enfermé dans mon bureau avec un de nos principaux clients. Il ne va pas tarder à nous rejoindre. Le moment n'est pas très bien choisi pour un entretien professionnel, mais apparemment le séjour à Londres de ce client est très court et son temps compté.

— Nous devons nous occuper de nos invités, Arthur, intervint Honor. Il y a trop longtemps que nous les négligeons. Et n'oublie pas, dès cet entretien terminé, vous devrez tous deux faire un discours pour la circonstance. Tout le monde est au courant, mais il nous appartient tout de même d'officialiser ces fiançailles.

Prenant son mari par le bras, Honor l'entraîna derrière elle et ils disparurent bientôt dans la foule des invités.

— Il se passe quelque chose, n'est-ce pas ? demanda Lisa en les suivant du regard. Tout d'abord, j'ai pensé que tes parents étaient déçus par l'annonce faite par Sophie, mais il y a plus que cela.

— En effet. Nous avons un sérieux problème en ce qui concerne nos ressources publicitaires.

Ben parlait à voix basse, comme s'il ne souhaitait pas être entendu.

— Mais ne t'inquiète pas, Lisa. Ton père va sans doute réussir à le régler. Maman a raison, tu es éblouissante, ce soir. Cette robe que tu portes est nouvelle, n'est-ce pas ? Tu as dû la payer une fortune !

Cherchait-il à changer de sujet ou était-il vraiment intéressé par sa tenue ? Elle l'avait choisie avec soin. On ne fête pas tous les jours ses fiançailles. La jupe, en pure soie sauvage, virevoltait joliment autour de ses jambes lorsqu'elle marchait, et le haut, en forme de bustier décoré de perles, laissait ses épaules dénudées. Sophie lui avait fait des compliments. Cette robe lui allait à ravir.

Elle s'écarta brusquement de Ben, la rage au cœur. Ben parlait toujours argent. C'était son sujet de conversation préféré. Jusqu'alors, elle s'en était amusée. Mais ce soir, lui parler du prix de sa robe au lieu de la complimenter lui était insupportable.

— Je l'ai louée pour la soirée, déclara-t-elle. Mais surtout, ne le dis à personne !

Elle lut le soulagement sur son visage.

— Ne me surprotège pas, je t'en supplie, Ben ! Si la société a de sérieux problèmes financiers, j'ai le droit d'en être informée.

— Nous ne voulions pas t'inquiéter inutilement, ma

chère Lisa. Après tout, ton père va sans doute réussir à le convaincre.

— A convaincre qui ?

— L'homme qui est enfermé avec lui dans le bureau. La société Trading International, notre plus gros client, menace de nous retirer son budget publicitaire.

— Et c'est grave ?

— Très grave ! Cette société est leader, dans le monde entier, pour le commerce des produits de luxe : bijoux, vins, fromages, hôtels, résidences… Si nous perdons leur budget publicitaire, nous pourrons mettre la clé sous la porte.

Lisa se mordit la lèvre.

— C'est aussi grave que ça ?

N'avait-elle pas senti le vent tourner ? Quelle société, aussi importante que celle décrite par Ben, pouvait prendre le risque de confier la publicité pour sa marque prestigieuse à une maison d'édition en perdition ?

— Quelle chance avons-nous que mon père réussisse à convaincre cet homme ?

Ben haussa les épaules, fataliste.

— Dieu seul le sait !

Il prit sa main dans la sienne.

— Jamais je n'aurais dû te raconter tout cela, Lisa. Ne laissons pas cette nouvelle gâcher notre soirée de fiançailles. Si la maison d'édition familiale doit fermer, avec mon savoir-faire et ton talent, nous pourrons créer une nouvelle entreprise. Gardons cette pensée en tête et allons nous occuper de nos invités !

Un sourire de commande affiché sur ses lèvres, Lisa échangea les habituelles banalités avec tout un chacun, mais le cœur n'y était pas. Ses yeux revenaient sans cesse se poser sur la porte du bureau — toujours hermétiquement close — derrière laquelle négociait son père.

La plupart des invités, ce soir, appartenaient à la maison d'édition et travaillaient à la réalisation du magazine *Lifestyle*.

Dans un mois, tous pourraient se retrouver au chômage, et son père et Arthur Clayton confrontés à la faillite.

Comment Ben pouvait-il penser une seule seconde qu'elle pourrait chasser cette pensée de son esprit et s'amuser ? Parce que c'était sa soirée de fiançailles ? Impossible ! La croyait-il donc à ce point égocentrique, pour être capable de penser à son bonheur en oubliant le malheur des autres ?

Comme elle acceptait de prendre une coupe de champagne sur le plateau présenté par un serveur, elle vit la porte du bureau s'ouvrir et son père apparaître. Son cœur bondit dans sa poitrine. Il était impossible de lire, sur son visage, s'il avait réussi ou non dans ses négociations. Comme toujours, Gerald Pennington ne laissait transparaître aucune émotion.

Le silence se fit instantanément dans la pièce, comme si sa seule présence suffisait pour que chacun se taise. Comme les gens se mettaient spontanément en cercle autour de lui, il se mit à parler, disant combien il était heureux de cette alliance entre les deux familles, un atout pour l'avenir de la maison d'édition.

Les mots prononcés glissèrent sur Lisa comme des gouttes d'eau sur un tissu imperméabilisé. Et quand Ben passa la bague à son doigt sous les applaudissements, elle éprouva l'étrange impression d'assister à une scène dont elle n'était pas l'un des acteurs.

Une seule chose lui importait : l'attitude rigide de son père. Il se tenait à quelques pas de distance, les yeux rivés sur elle. D'une légère inclinaison de la tête, il lui fit comprendre qu'il désirait qu'elle le rejoigne. Ce qu'elle fit aussitôt.

— Tu es attendue dans le bureau.

— Moi ?

Elle remarqua la légère crispation de sa mâchoire. Comment osait-elle questionner, alors que l'injonction était si limpide ?

— Est-ce que tout va bien ? demanda-t-elle. Ben m'a informée des problèmes de la société.

Que pouvait lui vouloir cet envoyé de Trading International ? Croyait-il qu'elle avait en réserve des articles pouvant, à eux seuls, doper les ventes de *Lifestyle* ?

Ignorant sa question, Gerald Pennington poursuivit d'une voix aussi glaciale qu'un iceberg :

— Comme je viens de le dire, tu es attendue dans le bureau d'Arthur. Je te conseille vivement de ne pas chercher à envenimer les choses. Cela ne prendra pas beaucoup de ton temps de l'écouter. Il est très pressé. Après, tu auras tout le loisir de profiter de la fête.

« Allons-y ! » pensa Lisa, résignée. N'avait-elle pas toujours cherché à satisfaire la volonté de son père ? Plus vite cet entretien serait terminé, mieux ce serait. Si elle pouvait donner à cet homme l'impression d'une équipe énergique et dynamique, peut-être parviendrait-elle à faire pencher la balance en leur faveur.

Mais si, par malheur, elle échouait, jamais son père ne le lui pardonnerait. Une fois encore, elle se demanda pourquoi elle était toujours aussi anxieuse d'obtenir son approbation et, surtout — ce qui serait une nouveauté de sa part —, un compliment !

Repoussant ces pensées qui encombraient inutilement son esprit, elle se redressa, carra les épaules, afficha sur les lèvres un sourire de commande et, poussant la porte, pénétra d'un pas ferme et déterminé dans la pièce. Elle s'arrêta aussitôt, tétanisée.

Non, pas lui !

Nonchalamment appuyé contre le bureau d'Arthur, les jambes croisées, ses yeux noirs, durs et froids, affrontant les siens, se tenait… Diego Raffacani !

En état de choc, Lisa balbutia d'une voix blanche :

— Il… il doit y avoir une erreur.

Reculant d'un pas, elle chercha l'appui de la porte, refermée derrière elle, contre laquelle elle s'adossa. Se retrouver face à Diego, la veille au soir, avait déjà été une terrible épreuve.

Mais avoir à l'affronter de nouveau, dans ce bureau, le savoir envoyé par la société Trading International afin d'assurer leur survie ou de décréter leur mort, c'en était une autre.

— Non, mademoiselle Pennington, je peux vous le certifier, il n'y a pas d'erreur. C'est bien vous que j'attendais. Veuillez prendre place dans ce fauteuil, je vous prie.

Dans son costume gris à la coupe impeccable, avec sa voix de commandement implacable, malgré son extrême politesse, il était impressionnant. Bien plus impressionnant que le serveur de l'hôtel de Marbella, habituellement vêtu d'un short et d'un T-shirt, qui lui jurait un amour éternel.

Mais s'il avait changé, elle avait changé, elle aussi !

Elle le regarda prendre place dans le fauteuil d'Arthur avec une aisance indéniable. Il investissait les lieux comme s'ils lui appartenaient. Lisa prit place dans le fauteuil en face de lui, curieuse d'entendre ce qu'il avait à lui dire.

— Ainsi, tu travailles pour Trading International, lança-t-elle.

Elle avait choisi de le tutoyer, mais retint toutefois le commentaire sarcastique qui lui venait aux lèvres au sujet de son ascension sociale fulgurante. Pour le bien des employés de la maison d'édition en perdition, elle devait éviter de l'indisposer.

— Depuis que mon père s'est retiré, j'en suis le directeur.

Diego éprouva une extraordinaire jouissance à voir le visage de Lisa Pennington se décomposer. Il avait tellement rêvé de cet instant, ruminant sa vengeance durant cinq longues années !

Enfin, le jour était venu de l'assouvir.

Il ne pouvait se rassasier de la contempler. Elle était plus belle encore que dans ses souvenirs, et son corps, mince et souple, éveillait toujours en lui le même désir ardent de la posséder.

Cinq ans auparavant, il aurait pu aisément la faire sienne.

Elle s'offrait à lui sans réserve. Il avait, alors, résisté à la terrible tentation. Mais bientôt, il allait pouvoir réaliser ses fantasmes les plus débridés. Il allait posséder ce corps qui hantait ses jours et ses nuits. Il l'utiliserait pour son plaisir aussi longtemps que perdurerait son désir. Six mois, un an ? Peut-être davantage. Quand, enfin, il serait lassé, elle pourrait retourner d'où elle venait.

Se penchant vers elle, il ne put résister à l'envie d'ôter la pince qui retenait ses cheveux en chignon. Tel un rideau de soie, ils retombèrent en cascade sur ses épaules dénudées, caressant les courbes si délicieusement attirantes de la naissance de ses seins.

Avec un accent nettement plus prononcé qu'à l'ordinaire, il lança :

— J'ai une proposition à vous faire, mademoiselle Pennington…

3.

— Tu ne peux exiger une telle chose de moi, Diego !

Sa proposition était effarante, aberrante ! Elle devait avoir mal entendu, ou alors, Diego Raffacani était subitement devenu fou !

La déferlante d'émotions balaya d'un seul coup l'apparente indifférence qu'elle avait tenté d'adopter. Elle sauta sur ses pieds, mais le regretta aussitôt car, perchée sur ses hauts talons et les jambes flageolantes, elle tituba et serait tombée s'il ne s'était précipité pour la soutenir. Elle se retrouva serrée contre lui, enivrée par l'odeur de son eau de toilette — reconnaissable entre mille —, son cœur dansant une folle sarabande dans sa poitrine.

— Chaque mot de ma proposition est l'exacte expression de ma volonté, mademoiselle Pennington !

Comme si elle venait d'être piquée par un serpent, elle le repoussa et se laissa retomber dans le fauteuil, effarée.

— Pour… pourquoi fais-tu cela, Diego ? balbutia-t-elle.

— Parce que je prends, aujourd'hui, ce que tu étais prête à me donner il y a cinq ans. Par respect pour ton extrême jeunesse et te pensant sans expérience dans le domaine, je me suis interdit de te faire mienne, à cette époque. Quelle stupidité ! Ta conduite, lors de cette dernière soirée, m'a ouvert les yeux.

Son visage n'exprimait plus qu'un profond dégoût.

— J'étais fou amoureux de toi, mais tu ne méritais pas

cet amour. Ce soir-là, tu m'as humilié comme personne encore ne l'avait fait et ne le fera jamais. Voilà quelle a été ma récompense pour t'avoir respectée. Mais aujourd'hui, le temps est venu, pour toi, de payer pour l'affront que tu m'as fait subir. Six mois, peut-être plus, seront nécessaires avant que je me lasse de toi.

Elle lut dans son regard la rage froide qui l'habitait et son sang se glaça dans ses veines.

— Lorsqu'on humilie un Espagnol, on ne peut s'attendre qu'à une chose : qu'il se venge !

Lisa porta sa main à ses lèvres, terrorisée par ce que ces mots impliquaient. Ainsi, il faisait retomber sur elle l'entière responsabilité de ce qui s'était passé cinq ans auparavant. Il ne manquait pas de toupet ! Elle se rebella.

— Tu m'avais affirmé n'être qu'un simple serveur alors que tu étais issu d'une famille richissime… Tu m'as menti !

— T'ai-je dit que j'étais un serveur ? Jamais ! Tu as tout simplement tiré tes propres conclusions. Cela devait t'amuser de sortir avec quelqu'un qui n'était pas de ta classe sociale. Tu étais en vacances, à la recherche d'un flirt et de relations sexuelles. Comme je ne répondais pas à ton attente, tu as cherché ailleurs. Tu t'es jetée dans les bras de Ben Clayton.

— Je… je dansais.

— Je t'ai vue, de mes propres yeux, accrochée à lui comme une sangsue et l'embrasser à pleine bouche. L'aurais-tu oublié ?

Elle se souvenait de chaque seconde passée avec lui durant ces vacances à Marbella, de chacun des mots échangés.

— Afin que tout soit bien clair, poursuivit-il, je répète ma proposition. Elle est à prendre ou à laisser. Tu vis à mes côtés, partages mon lit et deviens un objet de plaisir pour moi jusqu'à ce que je me lasse. En échange, je ne retire pas mon budget publicitaire de votre maison pour le donner à un de vos concurrents. Je propose même d'injecter de nouveaux fonds afin que *Lifestyle* retrouve son aura passée.

Lisa porta ses mains à son cœur. Elle suffoquait. Son esprit, comme anesthésié, ne parvenait plus à penser correctement.

« Tu vis à mes côtés, partages mon lit, et deviens un objet de plaisir pour moi jusqu'à ce que je me lasse. » Les mots, terribles, résonnaient à ses oreilles. Tout son corps tremblait. Après toutes ces années, il avait toujours ce pouvoir sur elle. Combien de fois, furieuse contre elle-même, ne s'était-elle pas promis de ne plus jamais penser à lui ? Des milliers, sans doute ! Et voilà qu'il suffisait qu'il réapparaisse pour...

— Je viens juste de me fiancer !

— Ce qui est fait peut être défait.

Comment pouvait-il être si dur, si froid, si détaché ? Elle scruta son visage, cherchant désespérément à retrouver celui qu'elle avait non seulement aimé, mais adoré.

— Tu as jusqu'à demain matin pour réfléchir et me donner ta réponse.

Sur ces mots lancés d'une voix glaciale, il quitta la pièce en refermant la porte derrière lui.

Durant un instant qui lui parut une éternité, Lisa resta sans bouger, comme si plus jamais elle ne pourrait se mouvoir. L'énergie vitale semblait l'avoir quittée pour toujours.

La nausée lui vint aux lèvres. Ce qu'il demandait était insensé. S'il avait utilisé des mots tendres, demandé des excuses, tout aurait été différent. Mais il lui faisait porter l'entière responsabilité de leur rupture, l'ignoble individu !

Certes, elle s'était mal conduite, mais elle était si jeune, à l'époque, si vulnérable, incapable de supporter le spectacle de sa trahison si évidente ! En plus, elle avait bu deux verres de champagne.

— Alors, comment est-ce que ça s'est passé ?

Lisa sursauta. Immergée dans ses pensées, elle n'avait

pas entendu Ben entrer. Il posa une main rassurante sur son épaule.

— J'ai vu Diego Raffacani sortir de la pièce.

Il s'arrêta un instant, les sourcils froncés.

— Pourquoi ai-je l'impression d'avoir déjà entendu ce nom dans le passé ?

Comme elle ne répondait pas, il poursuivit :

— A voir ton abattement, je suppose que tu n'as pas réussi à le convaincre de nous conserver son budget publicitaire. Nos pères ont été également impuissants.

La résignation dans sa voix propulsa Lisa sur ses pieds. Pour la première fois, elle éprouvait la folle envie de se blottir dans ses bras rassurants. Ben le pragmatique allait la sauver du terrible prédateur, c'était certain. Ne l'avait-il pas toujours sauvée des sottises qu'elle avait pu commettre ?

Durant ces cinq dernières années, pas une seule fois elle n'avait prononcé le nom de Diego Raffacani, jouant les indifférentes, comme si ce flirt de vacances n'avait pas la moindre importance. Ben aurait sans doute été stupéfait si, tout à coup, elle avait éclaté en sanglots.

Feignant de réajuster la bride de l'un de ses escarpins, elle se baissa, cachant les larmes qui lui venaient aux yeux. Ben serait profondément choqué à la pensée qu'elle pût — ne serait-ce qu'une seconde — envisager de se prostituer pour sauver *Lifestyle*.

« Mais tel n'est pas ton désir, n'est-ce pas, Lisa ? » s'admonesta-t-elle en silence.

Non, jamais !

Elle se redressa, bien décidée à faire sereinement face à la situation.

— Nous ne pouvons parler de cela maintenant, Ben, lança-t-elle d'une voix calme et posée. Nous le ferons plus tard. Restons ici encore une demi-heure avec nos invités, puis tu me raccompagneras chez moi, afin que nous puissions discuter en toute tranquillité.

L'incrédulité s'afficha sur le visage de Ben.

— Nous ne pouvons faire cela, Lisa ! Nos pères sont impatients de savoir ce que t'a dit ce Raffacani, et nous ne pouvons partir aussi tôt. Je te rappelle qu'il s'agit de la soirée donnée en l'honneur de nos fiançailles. Les gens vont trouver ça étrange, non ?

— Non ! Ils vont penser que, comme tous les fiancés du monde, nous mourons d'envie de nous retrouver seuls.

— Ne tombons pas dans la vulgarité, je t'en prie ! Pourquoi tous ces mystères ? Ou ce type veut nous sauver ou il ne le veut pas. C'est aussi simple que cela !

— Hélas, ça ne l'est pas... Diego Raffacani a fait une proposition qui implique certaines décisions. Je souhaite t'en faire part en privé.

Sa réponse lui valut un autre regard étonné, mais Ben possédait une qualité : il n'était pas têtu. Sans plus attendre, ils se joignirent aux invités.

Les minutes qui suivirent furent, pour Lisa, un véritable cauchemar. Tandis qu'elle s'efforçait de sourire et d'échanger les banalités d'usage, son esprit restait focalisé sur Diego et sa proposition infamante.

Comment affronter pareille situation ?

Elle tenait dans ses mains l'avenir des employés de la maison d'édition familiale. Un seul mot d'elle, et Arthur Clayton et son père seraient confrontés aux affres de la faillite.

Une main se posa sur son épaule. Tout son corps tendu comme un arc, elle se retourna. Maggie Devonshire lui sourit.

— Je suis si heureuse pour Ben et toi, Lisa ! Deux jeunes gens qui s'aiment et s'engagent ensemble sur le chemin de la vie, c'est si beau, si émouvant ! Je vous souhaite tout le bonheur du monde.

Des larmes mouillèrent ses yeux.

— Montre-moi ta bague...

Tandis que Lisa posait sa main sur celle de Maggie, ses

yeux s'embuèrent à leur tour. Maggie était l'employée de la maison la plus courageuse, la plus méritante. Elle supportait ses ennuis avec une dignité exemplaire. A la naissance, son fils avait subi des dommages irréparables. Billy avait le cerveau d'un enfant de quatre ans dans un corps d'homme. Incapable de gérer le poids d'un tel fardeau, son mari les avait quittés depuis de nombreuses années. Maggie faisait face à son travail et à son fils sans jamais se plaindre. Chaque jour, elle déposait Billy dans une institution spécialisée et le reprenait le soir. A cinquante-cinq ans, si elle perdait son emploi, elle n'en retrouverait pas un autre.

Tandis que Maggie s'extasiait devant la beauté du diamant de la bague offerte par Ben, un étau étreignit le cœur de Lisa. Avait-elle le droit de mettre en péril l'avenir de cette mère courageuse ?

— C'était vraiment très gentil de m'avoir invitée, Lisa, mais je dois rentrer. J'ai confié Billy à ma voisine pour la soirée, mais je ne peux pas abuser de sa bonne volonté.

Les deux femmes s'étreignirent chaleureusement. Maggie partie, Lisa posa sa main sur le bras de Ben.

— Il est temps pour nous de partir, dit-elle.

Durant le chemin du retour, effectué en silence, des milliers de questions assaillirent son esprit enfiévré.

Devait-elle livrer son corps aux mains de Diego Raffacani afin de sauver le magazine et les emplois qu'il assurait ?

Pourquoi ce qu'impliquait cette soumission faisait-il courir son sang plus vite dans ses veines ?

Elle allait devoir rendre sa bague à Ben. Allait-il souffrir ?

Combien de temps allait durer la *punition* imposée ? Quelques mois, sans doute, avant que Diego ne se lasse et ne la rejette… Que ressentirait-elle alors ?

Serait-elle plus humiliée encore que lorsque la demande lui avait été faite ?

A la simple pensée que Diego Raffacani lui fasse l'amour,

une onde de chaleur monta de ses reins pour l'envahir tout entière.

— Tu vas accepter ?

Assis sur le sofa, la tasse de café qu'elle lui avait servie refroidissant entre ses mains, Ben avait écouté ses explications sans prononcer un mot. Sa question lancée, il attendit patiemment qu'elle y réponde.

Incapable de rester en place, Lisa se mit à faire les cent pas dans le salon. Elle avait espéré que Ben la défendrait, la protégerait, n'imaginant pas qu'il la laisserait, seule, face à la terrible responsabilité.

Devant son mutisme, il poursuivit :

— C'est ce que tu vas faire, j'en suis certain ! Il y a cinq ans, tu nous as avoué être follement amoureuse de lui. Avec Sophie, nous avons pensé qu'il ne s'agissait que d'un flirt sans lendemain. Aucun de nous ne savait qui était exactement ce Diego Raffacani et, pour ma part, j'ai tiré les pires conclusions, je le reconnais volontiers. J'ai pensé qu'il était un de ces gigolos qui fréquentent habituellement Marbella. Quand il ne s'est pas présenté, ce soir-là, j'ai cru que l'histoire était finie, terminée. A l'évidence, il n'en est rien !

— Il s'est présenté, ce soir-là, rectifia Lisa, amère.

Pourquoi Ben ne se montrait-il pas fou de rage à l'écoute de cette proposition insensée ? Pourquoi ne menaçait-il pas de tuer Diego s'il s'avisait de la toucher ?

— A l'heure de notre rendez-vous, expliqua-t-elle, il est arrivé au bras d'une créature de rêve, visiblement riche à millions, à en juger par la voiture de sport qu'elle conduisait et les bijoux qu'elle portait. Cela m'a rendue malade de jalousie… J'ai voulu me venger. Je t'ai embrassé. Tu t'en souviens ?

— Si je m'en souviens ! Tu m'as tellement choqué que pendant des mois j'ai ressenti un malaise à chacune de nos sorties. Cette conduite débridée, en public, n'était pas dans ta nature !

— Ce soir-là, Diego se tenait à quelques pas de nous et il a assisté au spectacle. Voilà pourquoi, aujourd'hui, il cherche à me punir. Blessé dans son orgueil de mâle, il veut se venger.

Ben tenait ses yeux fixés sur elle sans manifester un excès d'émotion. Quand elle comprit qu'il ne ferait rien pour la retenir, la panique la submergea. Certes, ils n'étaient pas passionnément amoureux l'un de l'autre ; mais leur union aurait signifié stabilité et sécurité. Pourquoi ne cherchait-il pas à la défendre, à la protéger contre l'odieux prédateur ?

— Apparemment, Lisa, tu ne l'as pas seulement blessé dans son orgueil. Cinq ans, c'est généralement un temps suffisant pour qu'un homme oublie une injure de jeunesse.

— Ne sois pas ridicule ! Un Espagnol n'oublie jamais qu'il a été humilié. Il cherche seulement à se venger et à me punir.

— Et, bien entendu, cette *punition* t'est insupportable !

— Bien entendu ! s'insurgea-t-elle, le rouge aux joues.

— Alors, pourquoi ne pas le lui avoir signifié clairement sur-le-champ ? Pourquoi mettre sa proposition en discussion ? S'il te plaît, Lisa, ne me dis pas que tu te sacrifies pour l'avenir de *Lifestyle* ! Si le magazine s'arrête, ce ne sera pas la fin du monde. Nos pères prendront alors une retraite bien méritée et je pourrai, sans problème, retrouver un poste dans ma spécialité.

— Et les autres, Ben ? As-tu pensé à ce que vont devenir les autres, à ce qui va arriver à Maggie, par exemple ?

— Les autres survivront. Ils ne seront ni les premiers ni les derniers à perdre leur emploi et à avoir à se battre pour en trouver un autre. Quant à Maggie, elle approche de l'heure de la retraite. Elle recevra une somme d'argent confortable et pourra enfin se reposer.

Il se leva du sofa.

— Admets-le, Lisa, tu es un agneau sacrificiel pour le moins consentant. Toi et moi, nous n'avons jamais prétendu être passionnément amoureux l'un de l'autre. Si tu es toujours amoureuse de ton bel Espagnol, alors, cours vers lui. Mais je t'en prie, ne te mens pas à toi-même en jouant les victimes expiatoires.

Posant ses mains sur ses épaules, il lui donna une accolade fraternelle.

— Si tu acceptes sa proposition, je n'en prendrai pas ombrage. Tu le sais, je ne suis pas un romantique, mais je ne veux pas d'une épouse dont le cœur bat pour un autre. Bâti sur une telle base, notre mariage ne pourrait être qu'un échec.

Hélas, Lisa dut reconnaître que le sage Ben avait mis le cœur du problème en lumière. Elle était toujours passionnément, inconditionnellement amoureuse de celui qui, cinq ans auparavant, lui avait brisé le cœur.

Ben l'étreignit une dernière fois.

— Garde ma bague en témoignage de l'immense tendresse que j'ai toujours eue pour toi et qui ne s'éteindra jamais, ajouta-t-il.

Combien de temps resta-t-elle immobile, le regard perdu dans le vague, après le départ de Ben ? Elle n'aurait su le dire.

« Stupide ! Idiote ! Jamais tu n'as autant mérité ces qualificatifs ! » se morigéna-t-elle, en rage contre elle-même.

Incapable d'affronter Sophie, elle regagna sa chambre et s'appuya contre le chambranle de la porte refermée, massant de ses doigts ses tempes douloureuses.

Le lendemain matin, Diego viendrait s'enquérir de sa décision.

Retrouverait-elle suffisamment de volonté pour lui opposer un refus, condamnant ainsi *Lifestyle* à disparaître et poussant la maison d'édition vers une faillite inéluctable ? Comme Ben l'avait affirmé, ce ne serait pas la fin du monde.

Ou bien accepterait-elle de vivre un temps au côté de Diego, à partager son lit, à n'être pour lui qu'un simple objet de plaisir ? Et à supporter la souffrance et l'humiliation quand, lassé, il la rejetterait ?

Elle mordit avec violence son poing crispé, consciente que la seule vraie question était celle-ci : se montrerait-elle capable de résister à la terrible tentation ?

S'extirpant du taxi qui l'amenait du Central Hotel de Londres où il résidait, Diego pria le chauffeur de l'attendre, ajoutant qu'il n'en aurait pas pour longtemps.

Malgré son manteau en cachemire, il frissonna, maudissant ce maudit temps du mois de mars anglais. Car ce frisson, inhabituel chez lui, ne pouvait être dû qu'au détestable climat britannique. Et pas du tout à une quelconque appréhension concernant la réponse qu'il venait chercher.

Non, le malaise ressenti était dû au ciel bas et gris, au froid humide et pénétrant, si différent du soleil éclatant de son pays, qui baignait toute chose de sa lumière dorée…

Peut-être était-il même sur le point d'avoir un rhume ou la grippe, ce qui expliquerait la fièvre qui l'habitait.

Une grimace déforma ses lèvres. Voilà qu'il devenait hypocondriaque, à présent !

En rage contre lui-même, il poussa la porte de ce qui avait été, autrefois, un hôtel particulier aujourd'hui transformé en appartement.

Le hall, dépourvu de toute décoration, lui parut sinistre. Une bicyclette avait été négligemment laissée, appuyée contre le mur. L'escalier montant à l'étage n'avait pas de moquette. Il en grimpa les marches, le cœur battant à tout rompre. La simple idée que Lisa puisse lui donner une réponse négative lui vrillait l'estomac.

Cinq ans plus tôt, alors qu'il était follement amoureux d'elle, elle n'était que trop prête à se donner à lui, se rappela-t-il.

Il lui avait fallu faire appel à toute la force de sa volonté pour ne pas céder à la tentation de la faire sienne. Il l'avait ardemment désirée, mais elle était jeune et inexpérimentée. Il s'était interdit de profiter de sa vulnérabilité. Elle devait être sûre de ses sentiments comme il était sûr des siens. Par respect pour elle, il s'était interdit de goûter au plaisir de lui faire l'amour. Voilà pourquoi, sans doute, lors de cette fameuse soirée, juste avant son départ pour Londres, elle s'était offerte à Clayton, balayant le supposé pauvre serveur loin de sa vie, comme s'il n'était qu'un vulgaire grain de poussière sous ses pieds.

Elle était alors avide de relations sexuelles et, dans ce domaine, elle n'avait pas changé, il en était certain. Elle n'éprouverait donc aucune réticence à se donner à lui. Avec, à la clé, la certitude de sauver l'entreprise familiale de la faillite.

En dépit de sa première réaction horrifiée, certes compréhensible, elle avait eu toute la nuit pour réfléchir à sa proposition. Dépourvue de morale, Lisa Pennington prendrait ce qui serait le plus avantageux pour elle.

Il allait la posséder, il en était certain ! Ses poings se crispèrent au souvenir de l'ardeur avec laquelle elle répondait à ses baisers, à ses caresses, cinq ans plus tôt. Comme il l'avait aimée, adorée, alors, amoureux pour la toute première fois de sa vie ! Il l'avait hissée sur un piédestal. Elle était un ange tombé du ciel, la femme de sa vie, celle qu'il attendait.

Cretino !

Il grinça des dents. Parvenu au second étage, devant la porte de l'appartement qu'elle occupait, il perdit soudain sa superbe, le doute s'insinuant traîtreusement dans son esprit.

Clayton !

Lui avait-elle rendu sa bague ?

Etait-il en train de panser ses blessures comme lui-même avait pansé les siennes, cinq ans plus tôt ?

Il se souvenait du terrible choc ressenti lors de cette fameuse soirée, en voyant Lisa dans les bras de Calyton, ses lèvres soudées aux siennes, et les nuits sans sommeil qui en avaient résulté…

4.

Le thé du matin, d'ordinaire apprécié, lui sembla terriblement insipide. Lisa reposa sa tasse sur le bar de la cuisine, incapable d'avaler une nouvelle gorgée.

Elle n'avait pas fermé l'œil de la nuit. Comment aurait-il pu en être autrement ? Diego allait venir s'enquérir de sa réponse.

Au moins, Sophie ne se réveillerait pas quand il arriverait. Rentrée à 3 heures du matin — Lisa l'avait entendue rejoindre sa chambre sur la pointe des pieds —, elle dormirait sans doute jusqu'à midi. Après tout, on était dimanche, le jour du repos.

Elle finit par quitter la cuisine pour rejoindre le salon, en proie à une excitation incontrôlable.

Elle allait dire non.

Elle allait dire oui.

Vêtue d'un jean et d'un T-shirt qui avaient connu des jours meilleurs, elle se campa devant le miroir installé sur le manteau de la cheminée.

L'image renvoyée ne la rassura nullement.

Elle avait l'air d'une adolescente mal fagotée. Devenu trop large, le T-shirt dissimulait ses courbes, la faisant paraître aussi plate qu'une limande. Ses cheveux tirés en arrière et retenus par un ruban sur sa nuque étaient ternes, des cernes bleuâtres soulignaient ses yeux.

Résistant à l'envie de remédier à cette apparence désavantageuse, elle quitta le salon pour la cuisine. Séduire Diego n'était pas au programme. Chercher à l'impressionner favorablement non plus !

« En fait, pensa-t-elle, en ne mettant pas en valeur mes charmes, peut-être reviendra-t-il sur sa proposition… »

Si elle mangeait quelque chose, peut-être parviendrait-elle à diminuer cette douleur atroce qui lui vrillait l'estomac.

Hélas, un seul regard à sa tasse de thé froid lui donna la nausée.

C'est alors que le coup de sonnette retentit.

Diego tenait parole. A l'heure indiquée, il se présentait à sa porte.

Quelle réponse lui donner ? Comment se décider ? Son esprit, à la torture, était comme anesthésié.

Avec son pragmatisme et bon sens habituel, Ben lui avait conseillé de ne pas se mentir sur les véritables motivations qui la poussaient à répondre au chantage exercé par Diego.

Un nouveau coup de sonnette, strident et impératif, la propulsa hors de la cuisine. Le bruit allait réveiller Sophie, et ce n'était pas conseillé. Annoncer à sa meilleure amie la rupture de ses fiançailles avec son frère adoré exigeait de la réflexion et du doigté. Quel argument invoquer ? Une raison s'imposait d'elle-même : Ben ne souhaitait pas épouser une femme qui en aimait un autre.

D'une main tremblante, Lisa ouvrit la porte et se retrouva confrontée au regard de braise de Diego Raffacani.

Sa gorge se noua. Son estomac se contracta.

Aucun homme n'avait le droit d'être aussi séduisant, aussi arrogant, aussi certain de son pouvoir sur la gent féminine ! Autrefois, elle avait éprouvé une admiration naïve, une vénération sans borne pour lui. Aujourd'hui, la version plus mûre et plus imposante qui se présentait devant elle la terrifiait.

Elle s'effaça afin de le laisser entrer, notant au passage le manteau de cachemire porté avec l'assurance des hommes nés dans le luxe.

Lors de leur première rencontre, elle l'avait cru dépourvu d'argent, trimant durement pour gagner de quoi se nourrir, alors qu'elle-même venait d'une famille très aisée. Cette pauvreté supposée ne l'avait nullement gênée. Aujourd'hui, son évidente richesse l'intimidait. L'homme qu'elle avait aimé, adoré, vénéré, était devenu un étranger.

Tandis qu'il balayait du regard les meubles médiocres de son salon, elle tint ses yeux fixés sur lui, cherchant désespérément ce qui restait de l'homme charismatique, attentionné, en compagnie duquel elle avait passé des semaines idylliques à Marbella, cinq ans plus tôt.

Il n'en restait rien.

Quand son regard s'arrêta sur elle, son visage ne laissa, hélas, rien paraître de ce fol amour qu'il lui avait manifesté jadis.

Tout, lors de ces vacances, n'avait donc été que comédie ! Rien de ce qu'elle avait cru être Diego Raffacani n'était donc vrai.

En ce moment crucial, elle prit la seule décision qui s'imposait : ce serait non !

— Eh bien ? demanda-t-il.

La brutalité de l'interpellation fit de nouveau se contracter son estomac. Elle le vit regarder sa montre, lui signifiant ainsi, mieux qu'avec des mots, qu'il n'avait pas de temps à perdre.

La montre qu'il portait au poignet n'était pas celle qu'elle lui avait offerte cinq ans auparavant. La sienne était fine et en or. Celle-là était grossière et en similicuir noir. Pourquoi fallait-il que cette constatation lui fasse mal ?

Rassemblant ce qui lui restait encore de volonté, elle se redressa de toute sa hauteur et répondit :

— Il fait froid, dehors, je vais te faire du café…

Elle était chez elle et ne se laisserait pas intimider. En réalité, elle ne cherchait qu'à gagner un peu de temps avant de condamner la maison d'édition familiale à la faillite et ses employés au chômage. Cela pesait lourdement sur sa conscience, même si Ben avait démontré de manière pertinente que ce ne serait pas la fin du monde.

Mais la vraie raison — elle devait se l'avouer — était plus complexe. Sa réponse négative une fois proférée, jamais plus elle ne le reverrait. Comment prendre une décision dont les conséquences seraient, pour elle, le pire des châtiments ?

Tandis que la porte de la cuisine se refermait sur elle, Diego dut faire un effort désespéré pour reprendre ses esprits. En la voyant, ce matin, sans la robe sophistiquée qu'elle portait la veille, la mine pâle et défaite, débarrassée de toute trace de maquillage, il avait éprouvé le désir violent, irrépressible, de la prendre dans ses bras.

Il allait l'emmener loin de cet environnement triste et médiocre, vers le soleil éclatant de son pays. Il n'avait plus qu'un désir : il voulait la choyer, la dorloter, afin que ses immenses yeux bleu azur retrouvent leur lumière et leur joie de vivre, que sur ses lèvres revienne le sourire lumineux qui éclairait son visage chaque fois qu'ils se retrouvaient, dans le passé, et qui faisait de lui le plus heureux des hommes.

Combien stupide peut parfois se montrer un homme !

En dépit de son apparente fragilité, Lisa Pennington était aussi vulnérable qu'un char blindé. Il n'allait certainement pas laisser un élan de compassion le priver de la vengeance savamment planifiée depuis que l'information sur les difficultés financières de *Lifestyle* lui était parvenue.

Lisa Pennington était tout à fait capable de se prendre en charge et, surtout, de capturer le cœur d'un homme pour le briser sans le moindre remords. Pas une seconde il ne doutait qu'à l'université elle n'ait collectionné les conquêtes d'un seul battement de ses longs cils recourbés.

Submergé par la colère — et non par la jalousie ! — il se

mit à faire les cent pas dans le salon, l'esprit en proie à une étrange fièvre.

En fin de compte, elle avait dû décider d'épouser le brave Clayton pour assurer son avenir. A en juger par la médiocrité de son environnement actuel, le déclin de la maison d'édition se faisait déjà sentir.

Elle allait devoir rendre sa bague à son fiancé !

Avoir des relations sexuelles sans amour ne serait certainement pas un problème pour elle. A dix-huit ans, elle avait été prête à se donner à lui sans réserve. Comme, par respect, il ne répondait pas à ses sollicitations, elle s'était tournée vers le premier mâle de son entourage prêt à le faire, en l'occurrence, Clayton.

Il laissa échapper un juron. Les souvenirs de cette soirée hantaient toujours ses jours et ses nuits. Mais il allait la faire sienne, la posséder, lui faire oublier tous les autres hommes à qui elle s'était donnée.

Il finit par se laisser tomber dans un fauteuil et ferma les yeux, savourant la victoire à venir, celle qui le débarrasserait à tout jamais de son tourment.

Lorsque, lassé, il la renverrait, il pourrait alors l'oublier et trouver enfin la femme qui lui conviendrait, la mère de ses enfants, celle avec qui il passerait le reste de sa vie.

Lisa Pennington ne pouvait, en aucune façon, refuser sa proposition. Une fois que le magazine phare de la maison d'édition familiale aurait recouvré la santé financière — il y veillerait —, son père serait de nouveau en mesure de lui passer tous ses caprices, et elle n'aurait plus besoin de travailler : une perspective qui ne pouvait la laisser indifférente.

Diego aimait son café noir, fort et sans sucre, se souvint Lisa, en plaçant une seule tasse sur le plateau, à côté de la cafetière. Ses mains tremblaient.

« Allons, courage ! » s'admonesta-t-elle en poussant la porte avec son pied. Ce n'était pas le moment de flancher.

Peut-être faisait-elle preuve d'égoïsme en abandonnant *Lifestyle* à son triste sort, mais livrer son corps à Diego Raffacani causerait chez elle des dégâts irréparables. Et si, dans l'instant, Diego savourerait sa vengeance, il finirait par se haïr pour son odieuse conduite. Il devait lui rester un peu de décence…

Vraiment ? se demanda-t-elle aussitôt.

Cinq ans auparavant, sa conduite en avait singulièrement manqué. L'image de la créature de rêve suspendue à son bras lui revint à la mémoire, lui donnant la nausée. Et pourtant, la tenant pour seule et unique responsable de leur rupture, il s'ingéniait à vouloir la punir.

Infatué de lui-même, Diego Raffacani ne pouvait admettre qu'une femme puisse lui être infidèle alors que lui-même ne s'en privait pas.

Une pensée, soudain, lui vint à l'esprit, qui la mit mal à l'aise. Se pouvait-il qu'il y ait une tout autre explication au spectacle dont elle avait été le témoin involontaire ? A l'époque, Diego n'était pas un serveur, comme elle l'avait imaginé. Sa famille était richissime. Dans ce cas, le terme de « gigolo » employé par Ben ne pouvait guère s'appliquer à lui.

Elle ne savait plus quoi penser.

L'esprit en déroute, elle rejoignit le salon dont la porte était restée ouverte et s'arrêta, le souffle court. Diego se tenait dans le vieux fauteuil aux ressorts cassés, les yeux clos. Il ne l'avait pas entendue arriver. Elle put ainsi contempler tout à loisir son visage à la beauté si parfaite. Etrangement, en cet instant précis, il lui parut terriblement vulnérable. Tout l'amour éprouvé autrefois lui revint en force. Cet amour n'était pas mort. Il était bel et bien vivant.

Alerté par son soupir involontaire, Diego releva brusquement ses paupières et, l'espace d'un instant, toute garde tombée, leurs yeux se rencontrèrent, puis se soudèrent. Leurs âmes s'unirent, comme la première fois.

Cessant alors de combattre l'inévitable, Lisa déclara d'une voix tremblante d'émotion :

— Je ferai ce que tu veux que je fasse, Diego.

Elle ne pouvait, une fois encore, le perdre à jamais.

Ses yeux fixés sur le visage en feu qui lui faisait face, Diego se redressa sur ses pieds. Une vague de chaleur parcourut son corps tendu comme un arc. Ainsi, il allait enfin la posséder ! En avait-il jamais douté ? N'avait-il pas toujours su que l'avide créature prenait toujours ce qui se révélait être à son avantage ?

Il accueillit la réponse d'un simple signe de la tête. Portant la main à la poche intérieure de son veston, il en sortit une carte au dos de laquelle il se mit à écrire.

— Voici le numéro de mon téléphone portable et l'adresse de mon hôtel. Je t'y attendrai demain à 20 heures. Nous discuterons de la suite à donner à notre accord au cours du dîner.

Il lança négligemment la carte sur le plateau qu'elle portait, sans même y prendre la tasse de café préparée pour lui. Il lui fallait quitter les lieux sur-le-champ, réprimer ce désir fou qui le taraudait de la prendre dans ses bras, de réclamer son dû, de goûter à la douceur de ses lèvres, de sentir vibrer contre lui ce corps souple et chaud. Jamais elle ne devait deviner le terrible pouvoir qu'elle exerçait sur lui.

Tandis qu'il se dirigeait vers la porte, Lisa ne put détacher son regard de ses larges épaules, du port altier de sa tête. Elle aurait voulu le rappeler, lui crier son amour, lui expliquer les raisons de sa conduite aberrante, lors de cette fameuse soirée. Mais son arrogance, sa dureté, l'air dédaigneux affiché à l'écoute de sa réponse l'en empêchèrent. Pour lui, il ne s'agissait que de prendre sa revanche. Une déclaration d'amour serait particulièrement malvenue.

Comme la porte se refermait derrière lui, elle appuya son poing sur sa bouche et les larmes coulèrent sur ses joues.

Alors qu'elle sortait de la réunion éditoriale de son équipe, le lendemain matin, la secrétaire de direction l'interpella.

— Ton père veut te voir dans son bureau, Lisa. Tout de suite ! Surtout, ne t'inquiète pas, il est d'excellente humeur.

En cet instant, l'humeur de son père n'était pas la préoccupation première de Lisa.

Avouer à Sophie la rupture de ses fiançailles avait été une rude épreuve. La brusque réapparition de Diego dans sa vie changeait la donne. Elle était toujours follement amoureuse de son bel Espagnol. Dans ces conditions, épouser Ben serait malhonnête. Voilà ce qu'elle avait expliqué à son amie, en se gardant, naturellement, de mentionner le chantage dont elle faisait l'objet.

Après le départ de Diego et tout au long de la journée, elle avait tenu son regard fixé sur le numéro de téléphone portable inscrit sur la carte, jusqu'à ce que les chiffres dansent devant ses yeux et que sa vue se brouille.

Comment avait-elle pu accepter l'odieuse proposition ? A la nuit tombante, elle finit par prendre une décision : dès le lendemain matin, elle l'appellerait pour lui dire qu'elle avait changé d'avis.

S'il avait montré une quelconque émotion, s'il lui avait souri, s'il avait pris ses mains dans les siennes, comme il le faisait autrefois, les retournant pour en embrasser voluptueusement les paumes, elle aurait été plongée dans une extase sans fin.

S'il l'avait simplement touchée, la magie aurait fonctionné de nouveau, elle en était persuadée.

Il ne l'avait pas touchée.

Quelle incroyable naïveté avait été la sienne, de croire que tout pouvait recommencer comme avant !

Diego ne l'avait jamais vraiment aimée.

De nouveau, elle se sentait humiliée, blessée jusque dans chacune des fibres de son corps.

Son numéro de téléphone portable était imprimé au fer rouge dans sa mémoire.

Dès son retour au bureau, le lendemain matin, elle l'appellerait et, sans rien laisser deviner de son émotion, reprendrait la parole donnée.

Lorsqu'elle pénétra dans son bureau, son père se tenait debout devant la fenêtre, les yeux fixés sur la Tamise qui coulait en contrebas. A son entrée, il se retourna, un sourire sur les lèvres.

— Tu vas pouvoir débarrasser ton bureau de tes affaires dès aujourd'hui, Lisa. Nul besoin de me donner ta démission. Raffacani s'est occupé de tout.

— Vous… vous lui avez parlé ? demanda Lisa en s'appuyant sur le dossier de la chaise la plus proche, ses jambes menaçant de se dérober sous elle.

— Il vient juste de quitter mon bureau après m'avoir demandé de convoquer d'urgence l'équipe dirigeante, expliqua-t-il, visiblement admiratif. De toute évidence, il est homme à battre le fer tant qu'il est chaud. J'aime ça ! C'est de bon augure pour le futur.

Pour qui ? se demanda Lisa en prenant place sur la chaise, tandis que son père s'installait dans son fauteuil derrière son bureau, ses yeux fixés sur son visage comme s'il la voyait pour la première fois.

— J'ignorais que vous vous connaissiez, poursuivit-il, décidément en verve. Raffacani m'a tout expliqué. Votre rencontre à Marbella, il y a cinq ans, comment vous vous êtes ensuite perdus de vue, et votre accord pour passer quelque temps ensemble en Andalousie.

Il esquissa un nouveau sourire.

— Si tu joues intelligemment et le convaincs que tu seras, pour lui, l'épouse idéale, ton avenir est assuré, Lisa. Bien entendu, Arthur a d'abord été très choqué. Il est vrai que tes fiançailles avec son fils sont les plus courtes de l'histoire. Mais l'argent injecté par Raffacani sauve la société de la faillite et propulse de nouveau *Lifestyle* au sommet de sa gloire. Il s'est très vite fait une raison.

Il lui lança un regard entendu.

— Il semble que nous te devions ce sauvetage inespéré, ma fille ! Je ne tiens pas à en connaître les tenants et aboutissants. Laisse-moi simplement te dire ceci : tu viens, d'un seul coup, de m'ôter tous mes regrets de ne pas avoir conçu un fils. Bravo, Lisa !

Ainsi, pour la toute première fois, elle obtenait son approbation, ce qui constituait un événement sans précédent.

Lisa ravala les sanglots qui menaçaient de l'étouffer. Enfin, elle était reconnue par son père... Mais à quel prix ?

Toute sa vie, elle avait recherché en vain la tendresse, l'approbation, l'admiration paternelle.

Hélas, elle n'était pas le fils qu'il aurait voulu avoir. Pourtant, avait-elle failli lui rappeler à maintes reprises, elle était faite de sa chair et de son sang ! Elle était son enfant !

Etre reconnue par lui avait toujours été, pour elle, un besoin fondamental, et même vital.

Et voilà qu'il l'approuvait, la complimentait, pour une action qui, en son for intérieur, lui donnait la nausée.

Il lui était désormais interdit d'appeler Diego. Pas maintenant. Si elle revenait sur la parole donnée, il retirerait son financement et son père rejetterait la faute sur elle. Son père la haïrait. Elle ne pourrait vivre avec cette idée.

« Cette robe noire est vraiment de circonstance, ce soir », pensa Lisa en payant le taxi qui venait de la déposer devant l'hôtel.

Tel un automate, elle s'était douchée et préparée, relevant ses cheveux en chignon et mettant des perles à ses oreilles et à son cou. Elle avait utilisé ensuite le maquillage le plus léger de sa panoplie. Contemplant le résultat dans le miroir, elle avait eu un sourire de satisfaction. Elle donnait l'impression d'être froide, détachée, intouchable. Tel aurait été, sans doute, le commentaire de Sophie si cette dernière n'avait pas été en train de bouder, refusant désormais de lui adresser la parole.

— Je t'ai toujours considérée comme ma meilleure amie, presque comme ma sœur, Lisa, avait-elle déclaré après sa confession. Ç'aurait été un immense bonheur pour moi de t'inclure dans notre famille. C'est moi qui ai poussé Ben à te demander en mariage.

Lisa ignorait ce détail, mais il faisait sens. Ben écoutait toujours les conseils de sa sœur et finissait par faire ce qu'elle voulait.

Ben ne possédait pas la moindre fibre romantique. Il ne l'aurait pas épousée par amour, mais pour s'établir et avoir des enfants — un objectif raisonnable, en somme. La fille de l'associé de son père avait dû lui paraître la meilleure des solutions possibles.

« Nous éprouvons une sincère affection l'un pour l'autre, nous nous connaissons depuis notre plus tendre enfance, et depuis l'interlude regrettable avec le serveur espagnol, Lisa n'a pas fait le moindre écart, n'a pas eu le moindre flirt. Je ne peux rêver meilleure épouse. »

Lisa laissa échapper un soupir. Elle savait très exactement comment fonctionnaient les pensées de Ben le pragmatique, et pouvait sans peine imaginer le débat qu'il avait dû avoir avec lui-même.

Ben resterait à jamais son ami, quoi qu'il arrive. Mais elle semblait avoir perdu l'estime et la considération de Sophie, sa meilleure amie et confidente. Tous les trois ne seraient donc plus les complices qu'ils avaient été jusqu'à ce jour. Et lorsque Diego la rejetterait comme un objet devenu inutile, elle risquait fort de se retrouver le cœur brisé, n'ayant plus que ses yeux pour pleurer.

Le numéro de la chambre de Diego en sa possession, elle s'engouffra dans un des ascenseurs. Lorsqu'il s'arrêta à l'étage voulu, elle carra les épaules, prit une profonde inspiration et se dirigea vers la porte, telle Blandine se préparant à entrer dans la fosse aux lions. Mais elle ne se laisserait pas impressionner. Elle calquerait son attitude sur la sienne. S'il affichait froideur et dédain, elle ferait de même. Jouer l'indifférence était la seule arme qui lui restait.

Son immense fortune donnait certes à Diego Raffacani le pouvoir de se venger, mais il restait tout de même à sa victime la faculté de demeurer de marbre. Le prédateur n'allait certainement pas apprécier de faire l'amour à une femme ne manifestant aucune réaction.

Ce serait sa vengeance à elle.

5.

A 20 heures précises, quand il lui ouvrit la porte de sa suite, elle resta figée sur le pas de la porte, sans un sourire, sans un mot, comme tétanisée.

Incapable d'affronter le regard de Diego, Lisa ne pouvait que fixer le tapis, à ses pieds, mais chaque fibre de son corps ressentait sa présence et, dans sa poitrine, son cœur battait la chamade.

Attendait-il d'elle qu'elle partage son lit dès cette nuit ? Sans doute. Cela faisait partie du marché. Elle ne put retenir un gémissement.

— Que se passe-t-il, Lisa ? Aurais-tu peur ?

Le sarcasme l'arracha à l'immobilité. Elle pénétra dans la pièce. Ne s'était-elle pas promis de paraître détachée, aux commandes, parfaitement maîtresse d'elle-même ?

Relevant la tête, elle affronta enfin son regard, s'ingéniant à rendre le sien de glace. Seigneur, que la tâche se révélait difficile ! Un seul mot aimable de sa part et sa froideur aurait fondu comme neige au soleil.

Mais lorsque ses yeux rencontrèrent ceux de Diego, d'un velours sombre, un désir fulgurant monta de ses reins pour l'envahir tout entière. Elle dut faire appel à toute la puissance de sa volonté pour lancer, d'une voix qu'elle espéra être celle d'une femme d'affaires :

— Mon père m'a informée que tu avais déjà mis en place

les éléments constituant ta part du marché. Autant procéder à celle qui m'incombe, le plus rapidement possible.

Elle l'accomplirait comme on le fait d'une affaire ennuyeuse dont on tient à se débarrasser au plus vite.

Elle eut l'immense satisfaction de voir les lèvres de Diego — qui lui avaient prodigué tant de baisers ardents et passionnés, dans le passé — se crisper de colère.

— S'il s'agit d'une invite, Lisa, elle manque singulièrement d'enthousiasme, et ne déclenche pas chez moi les ardeurs souhaitées.

Por Dios, se dit-il, elle était aussi chaleureuse qu'un iceberg ! Cinq ans auparavant, il était tombé éperdument amoureux d'un ange de douceur, vibrant sous ses caresses et répondant à ses baisers avec une ardeur peu commune. Tout cela n'avait-il été qu'une odieuse comédie ?

Hélas, elle était toujours aussi étonnamment belle... Plus belle encore, peut-être, que dans ses souvenirs. Ses immenses yeux bleu azur faisaient, comme alors, battre son cœur plus vite et monter en lui le désir irrépressible de la prendre dans ses bras, de la serrer contre lui, de la cajoler interminablement. Tout son corps en était douloureux. Il la ferait sienne, mais au moment propice, choisi non par elle mais par lui. Il allait tout mettre en œuvre, utiliser tout son savoir-faire pour que, le moment venu, elle le supplie, à genoux, de la prendre.

Reculant d'un pas, il désigna de la main la table dressée près de la fenêtre, offrant un magnifique panorama de la ville parée des mille et une lumières de la nuit.

— Je tiens à ce que notre relation réponde aux critères du savoir-vivre. C'est pourquoi j'ai ordonné qu'une collation nous soit servie pendant que nous nous entretiendrons des modalités de la mise en œuvre de notre marché.

Tout en prononçant ces mots, il glissa son bras autour de sa taille afin de la conduire vers la table. A peine étaient-ils installés qu'un serveur en tenue apparut, poussant devant lui un chariot portant le repas.

Diego ne pouvait détourner son regard de son invitée. Elle portait la même robe que le soir du bal de charité. Le tissu de soie semblait glisser sur ses courbes harmonieuses comme une caresse. Cela le rendait fou. Fou de désir. S'ils avaient été seuls, il l'aurait prise dans ses bras, transportée sur le lit et…

Il ferma les yeux, espérant chasser ainsi les images qui lui venaient à l'esprit et lui ôtaient le sommeil, la nuit. Bientôt, elles deviendraient une réalité. Mais pas aujourd'hui. C'était beaucoup trop tôt.

Lisa tenait ses yeux rivés sur son hôte. Elle enviait son urbanité tandis qu'il goûtait le vin qu'on venait de lui servir. Le costume gris clair qu'il portait devait avoir été spécialement dessiné par un couturier de talent, tant la coupe en était parfaite et mettait en valeur sa silhouette élancée.

Diego Raffacani était de la race des seigneurs, de ceux qui commandent et, hélas, de ceux qui se vengent.

Alors que le serveur quittait la pièce, elle lança :

— Je suppose que nous allons devoir discuter de mon statut de maîtresse temporaire.

Elle songea, non sans ironie, que ce ton glacial et détaché devait la rendre aussi désirable à ses yeux qu'une limace sur une feuille de salade. Le seul résultat qu'elle obtint fut un léger haussement des sourcils.

— Le statut de maîtresse est bien au-dessus de celui que je te réserve, Lisa !

Il reposa le verre de vin porté à ses lèvres.

— J'espère que tu possèdes un passeport.

— J'en ai un, en effet. Pourquoi ?

— Nous partons pour une de mes résidences en Andalousie à la fin de la semaine. En attendant, je vais œuvrer avec une de mes équipes afin de propulser *Lifestyle* dans le XXIe siècle et faire en sorte qu'il y reste. Nous n'aurons donc pas l'occasion de nous revoir avant vendredi matin, lorsque je passerai te prendre à ton appartement pour aller à l'aéroport.

« Ai-je bien entendu ? » se demanda Lisa, sidérée.

Une des phrases prononcées par son père, le matin même, lui revint alors à la mémoire : « *... votre accord pour passer quelque temps ensemble en Andalousie.* »

Préoccupée, elle n'y avait guère prêté attention. Tout comme elle avait jugé normal d'avoir à quitter le bureau qu'elle occupait afin de laisser la place à l'équipe venue sauver *Lifestyle*. Du moins, c'est ce qu'elle supposait.

Une fois encore, son estomac se noua, une habitude depuis sa nouvelle rencontre avec Diego Raffacani.

Il l'emmenait avec lui en Andalousie !

Ici, dans son environnement familier, elle pouvait jouer à l'indifférence. Mais, de retour en Espagne — là où tout avait commencé —, il n'en serait plus de même.

Reposant brusquement sa fourchette à côté de son assiette, elle lança :

— Excuse-moi, Diego, mais jamais tu n'as mentionné ce séjour en Andalousie. Je pensais...

— ... que je me contenterais de quelques rendez-vous à la sauvette, ici, en Angleterre ? Que ceux-ci suffiraient à payer ta dette ? Jamais ! J'ai le pouvoir de décider où et quand te faire payer l'affront d'il y a cinq ans.

« Qu'elle en soit bien consciente ! » ajouta Diego en son for intérieur. Il ne la laisserait pas se comporter comme si les relations physiques avec lui constituaient une corvée aussi ennuyeuse que le ménage.

Dans ses bras, il la voulait ardente, comme elle l'avait été cinq ans auparavant, ses lèvres quémandant ses baisers, son corps appelant ses caresses. A cette époque, il se plaisait à les lui prodiguer sans la moindre réserve. Il l'aimait de tout son cœur, de toute son âme. Il n'aurait aucune peine à les lui prodiguer de nouveau. Quand il l'aurait amenée au point de non-retour, il la prendrait, la posséderait, annihilant ainsi la frustration accumulée durant toutes ces années. Puis, comme on le fait d'un objet dont on n'a plus l'usage, il la rejetterait afin qu'à son tour elle connaisse l'humiliation.

Lisa frémit de tout son être. Les mots prononcés par Diego pénétraient son cœur comme autant de coups de poignard. Certes, elle s'était mal conduite, mais elle n'était pas la seule. Ne l'avait-elle pas vu entrer dans une joaillerie pour se faire offrir un cadeau par une splendide et richissime créature ? Il était temps d'avoir une explication sérieuse sur ce qui s'était réellement passé au cours de cette fameuse soirée. Peut-être, alors, accepterait-il de reconsidérer les choses et de la laisser partir. Peut-être même lui ferait-il des excuses et accepterait-il de ne pas retirer les fonds investis pour sauver *Lifestyle* de la débâcle.

La laisser partir ! Etait-ce vraiment ce qu'elle voulait ? N'était-elle pas encore éperdument amoureuse de lui, tout en tentant désespérément de se convaincre du contraire ? N'espérait-elle pas, au fond d'elle-même, pouvoir le reconquérir ?

Lors de leur première rencontre, elle sortait à peine de l'adolescence. Comme il avait dû se gausser de son enthousiasme naïf, de son ardeur, de son innocence, lui qui, durant tout ce séjour, passait ses nuits dans le lit d'une créature de rêve certainement très expérimentée !

— Il faut que nous discutions de l'accord que nous avons passé, Diego !

— N'est-ce pas ce que nous venons de faire ?

— Pas de ses tenants et aboutissants mais de son origine, de ce qui s'est passé à Marbella il y a cinq ans. Cinq ans, c'est très long pour conserver une rancune envers quelqu'un.

Elle parlait sans agressivité ni acrimonie, désirant de tout son être qu'il l'écoute et comprenne enfin que tous les torts n'étaient pas de son côté.

— Je reconnais m'être conduite comme une idiote, mais…

— Je n'ai aucune envie d'écouter le tissu de mensonges que tu t'apprêtes à dérouler. On te prend volontiers pour un ange, mais tu es le diable en personne. Les faits ne m'ont pas été rapportés. J'ai assisté à tes débordements amoureux de mes propres yeux, *perdiciòn* !

Repoussant sa chaise, il se dressa sur ses pieds et se tint debout, immense au-dessus d'elle. Lisa blêmit, malade de mesurer la haine qu'il semblait lui vouer. Ses yeux s'embuèrent de larmes tandis qu'il poursuivait :

— Le passé est loin derrière nous. Oublie-le ! Concentre-toi sur le présent et le paiement de ta dette. Quand ce sera fait, alors seulement nous pourrons oublier cette dette.

Pour lui, c'était aussi simple que cela. Il n'y avait pas d'attachement, simplement un orgueil de mâle blessé.

Elle se dressa à son tour sur ses pieds afin de lui faire face. Il se montrait cruellement intraitable. Le mince espoir, un instant caressé, qu'entre eux tout pourrait recommencer comme avant venait de se briser. Comment avait-elle pu être assez sotte pour imaginer, une seule seconde, que pareille chose soit possible ? Cet homme n'avait plus rien à voir avec celui qu'elle avait adoré à Marbella.

Mais, tandis qu'ils s'affrontaient tous les deux, face à face, tels des boxeurs sur un ring, une pensée lui vint. Peut-être n'avait-il pas changé… Peut-être cet intermède, à Marbella, n'avait-il été qu'une ignoble comédie pour s'amuser, prendre du bon temps avec une pauvre petite oie blanche !

— Je te hais ! lança-t-elle, véhémente.

— Parfait ! Toute émotion forte vaut mieux que l'indifférence.

Prenant son visage en coupe dans ses mains, il fit alors ce qu'elle avait secrètement espéré : il s'empara de ses lèvres.

Le baiser provoqua comme une explosion volcanique dans le corps enfiévré de Lisa. Plus rien n'exista d'autre pour elle que ses lèvres sur les siennes. Comment ne pas répondre de tout son être, de toute son âme, à cette étreinte tant désirée ? Elle n'était plus qu'un brasier. Nouant ses bras autour de son cou, elle se pressa contre lui comme si sa vie en dépendait.

Elle retrouvait tout ce que, jamais, elle n'avait pu oublier : la chaleur de son corps, l'odeur très particulière de son eau de toilette et, surtout, la merveilleuse sensualité de ses baisers. Jamais elle ne pourrait s'en lasser. Diego était et serait toujours le seul homme de sa vie, celui qu'elle n'avait jamais cessé d'aimer. Sous le tissu soyeux de sa robe, les pointes de ses seins se dressaient et ses lèvres restaient soudées aux siennes.

Quelques instants plus tard, mortifiée, elle se laissait reconduire jusqu'à un taxi. Alors qu'elle était prête à se donner à lui, il l'avait repoussée !

— Il est temps pour toi de rentrer, avait-il lancé sans que sa voix trahisse la moindre émotion. Sois prête à 7 h 30, vendredi matin. Et n'essaie surtout pas de t'enfuir car, sois-en certaine, où que tu ailles, je te retrouverai.

Une heure plus tard, toujours en état de choc, elle s'affalait sur son lit, enfouissant sa tête dans l'oreiller.

Diego Raffacani était un maître chanteur de la pire espèce, si sûr de son bon droit qu'il avait refusé d'écouter les mots préparés pour sa défense. Il l'avait accusée de mentir.

L'infâme goujat !

Mais comment définir sa propre conduite ? Comment avait-elle pu répondre à son baiser comme elle l'avait fait ? Car, bien loin d'être une dévergondée comme il le pensait, elle était toujours vierge, incapable de se donner à un autre homme que lui. Ben — le seul homme avec qui elle avait finalement accepté d'entretenir une relation amoureuse — ne lui inspirait pas autre chose qu'une tendre amitié.

Comment pouvait-elle être passionnément éprise d'un homme sans scrupules, sans morale, d'un homme qui la forçait à partager son lit par vengeance, d'un homme qui refusait d'entendre son plaidoyer ?

L'avenir immédiat s'annonçait sinistre. Lisa n'était pas certaine de survivre à l'humiliation qu'il impliquait.

Ils retrouvèrent, à leur arrivée en Espagne, la luxueuse voiture de sport de Diego, sans doute laissée à l'aéroport par l'un de ses employés. C'est du moins ce qu'en déduisit Lisa. Elle n'avait pas fermé l'œil de la nuit. Elle allait enfin s'endormir lorsque le réveil avait sonné.

Diego s'était présenté à sa porte à 7 h 30 très exactement, comme annoncé.

— Tu es prête ? avait-il demandé.

— Non !

En fait, elle n'avait même pas commencé à faire sa valise. Depuis cette soirée à son hôtel, elle espérait qu'un événement se produirait, la délivrant de cet horrible cauchemar. Mais rien ne s'était produit.

— Je te conseille vivement de te préparer. Le taxi nous attend devant la porte de l'immeuble. Si tu es aussi désorganisée, je me demande comment tu as pu obtenir ce poste que tu occupais dans l'entreprise familiale. Encore un cadeau de ton père !

— Comme tu te trompes ! avait-elle rétorqué avant de s'enfermer dans sa chambre et de remplir à la hâte une valise de vêtements pris au hasard.

Durant tout le trajet conduisant à l'aéroport, puis l'enregistrement des bagages et les formalités d'embarquement, Diego s'était montré extrêmement poli et même attentionné. Ce qui n'avait pas manqué d'irriter Lisa. Cela ne montrait-il pas à quel point il lui était facile de jouer la comédie ?

Comment oublier que, durant le dîner pris en sa compagnie, à son hôtel, il lui avait dénié le titre de maîtresse temporaire, jugeant qu'elle n'en était pas digne ? Une maîtresse, même temporaire, a droit à une certaine considération. Pas elle !

Sa vraie vengeance consistait à l'humilier.

Alors que, d'une main de maître, il conduisait le bolide le long de la route escarpée menant à son refuge, il lança tout de go :

— Que voulais-tu dire par cette réponse : « Comme tu te trompes ! », à propos de l'attitude de ton père à ton égard ?

Lisa lui lança un regard étonné. C'était la première question personnelle qu'il lui posait depuis leur départ de Londres.

— Tu te trompes, c'est tout. Tu affirmes des choses sans savoir. Je n'ai rien à ajouter.

Elle reporta son attention sur le paysage montagneux environnant, d'une beauté à couper le souffle. De temps à autre, elle pouvait voir la mer scintiller dans le lointain, au fond des golfes. L'air était doux et léger. Sa relation à son père n'était pas un sujet qu'elle souhaitait discuter avec lui.

— Où allons-nous ? demanda-t-elle. Sommes-nous encore loin de notre destination ?

Les mâchoires crispées, Diego négocia un virage en épingle à cheveux. Une fois de plus, songeait-il, elle mentait. Il était certain que son père la gâtait à l'excès, sans doute pour compenser la perte de sa mère, morte alors qu'elle était encore très jeune.

Parmi les milliers de souvenirs qui le hantaient jour et nuit, l'un d'entre eux, très précis, lui revint à la mémoire. Le jour où il avait perdu sa montre, elle lui avait tendu spontanément la sienne. Nul besoin d'être expert pour constater que cette dernière — en platine — avait dû coûter une fortune. Comme il lui en faisait la remarque, elle avait répondu :

— C'est le cadeau de mon père, pour mes dix-huit ans.

Elle avait accompagné sa réponse d'un haussement d'épaules, comme si le somptueux cadeau n'avait pas grande valeur à ses yeux.

Gerald Pennington avait offert à son enfant gâtée un poste élevé dans la maison d'édition, alors qu'il aurait dû disposer d'une journaliste compétente et expérimentée. La luxueuse robe portée à la soirée de fiançailles — alors que la maison d'édition était au bord du gouffre — devait être un autre cadeau du papa « gâteau », pour ne pas dire « gâteux » !

— Comment Ben a-t-il réagi lorsque tu lui as rendu sa bague ? demanda-t-il.

Il avait noté l'absence de l'anneau au doigt de la jeune femme. Il remarquait chaque détail qui la concernait. Il se souvenait de l'atroce souffrance ressentie lorsqu'il l'avait surprise dans les bras de Clayton. L'espace d'un instant, un désagréable sentiment de culpabilité l'assaillit à l'idée de la peine qu'il lui avait probablement infligée. Mais l'homme pouvait le remercier. Finalement, il l'avait débarrassé d'une redoutable intrigante.

— Cela ne te regarde en aucune façon ! répondit Lisa, les lèvres pincées. Par contre, j'ai le droit de savoir où tu me conduis.

— Tu as raison. Je t'emmène dans un de mes refuges préférés, au cœur des montagnes. C'était un monastère, autrefois. Ma famille ne l'utilise que très rarement, aujourd'hui, et le lieu n'est pas fréquenté par les touristes. Sa beauté et sa tranquillité sont incroyables, et heureusement préservées. Contrairement à Marbella, l'endroit ne possède aucune boutique luxueuse, et tu ne pourras y admirer aucun yacht de milliardaire, aucun hôtel somptueux. Rien ne pourra détourner ton attention. Tu te consacreras uniquement à mon plaisir.

Elle aurait mieux fait de tenir sa langue ! Quel que soit le sujet de conversation choisi, il s'ingéniait à l'humilier. Le lieu aurait pu être un paradis. En définitive, il en ferait un enfer.

6.

Lisa ne pouvait trouver un seul défaut à la beauté et à la délicieuse quiétude du refuge où l'avait conduite Diego. Construit des siècles auparavant dans une magnifique pierre blonde, l'ancien monastère dominait un panorama impressionnant de vallées fertiles, de collines boisées, avec, au loin, la mer qui miroitait aux rayons changeants du soleil.

Il lui était tout aussi impossible de prendre Diego en faute. Il se conduisait en hôte parfait, veillant à ce qu'elle ne manque de rien.

Elle aurait donné cher pour qu'il lui fournisse des raisons de le détester !

Que voulait-il exactement ?

Si, dès la première nuit de leur arrivée, il l'avait mise dans son lit, elle aurait certes détesté — adoré ? —, mais elle aurait compris. N'était-ce pas la raison pour laquelle ils avaient effectué ce long voyage vers un lieu coupé du monde : la soumettre à son bon plaisir ?

Incapable de dormir, levée aux aurores, Lisa venait de gagner la terrasse afin de jouir pleinement du paysage grandiose aux premiers rayons du soleil. Mais son esprit ne pouvait trouver le repos, assailli par des milliers de questions dont elle ignorait les réponses.

Pourquoi, à leur arrivée, lui avait-il attribué toute une aile du bâtiment, une enfilade de pièces meublées avec un goût parfait, qu'il semblait peu enclin à visiter ?

Pourquoi, depuis leur arrivée, quatre jours plus tôt, se comportait-il avec elle comme si elle n'était qu'une simple invitée ?

Il la rejoignait pour les repas, l'entretenait agréablement de choses et d'autres, toujours passionnantes, mais demeurait sur la réserve.

Il semblait ne pas la voir, comme si elle était devenue transparente.

Entre les repas, il regagnait son bureau dans lequel il s'enfermait, expliquant qu'il avait du travail, la laissant seule à ruminer ses pensées.

Lisa crispa ses mains sur la balustrade bordant la terrasse. Elle savait ce qu'il attendait d'elle, ce qu'elle était supposée faire : dans ces conditions, pourquoi attendre ?

Il se comportait comme ces félins de la jungle qui guettent leur proie durant des heures. Ils n'ont pas encore suffisamment faim pour la dévorer, mais ils jouissent à l'avance du moment où ils pourront le faire.

Lisa sentait la tension sexuelle monter dans chacune des fibres de son corps. Il lui semblait être une chatte sur un toit brûlant.

— Déjà levée à cette heure ? demanda soudain, dans son dos, la voix reconnaissable entre mille. Dois-je en conclure que tu ne pouvais pas dormir ?

Elle tressaillit, le cœur au bord des lèvres. Posant ses mains sur ses épaules, Diego l'obligea à se retourner afin de lui faire face. Elle ne put empêcher son corps de vibrer à son contact. Vêtu d'un pantalon de lin beige et d'une chemisette assortie, il était plus séduisant que jamais. Les yeux de velours sombre parcoururent son visage, ses lèvres, son cou, la naissance de sa poitrine, telle une caresse. En réponse, les pointes de ses seins durcirent aussitôt, et une onde de chaleur monta de ses reins pour l'envahir tout entière.

Pourquoi ne la touchait-il pas comme il le faisait autrefois ? Ressentait-il désormais du dégoût pour elle ?

Comme pour répondre à sa question muette, il leva la main vers son visage et repoussa la mèche de cheveux qui lui tombait sur le front. Le bout de ses doigts effleura sa peau.

Elle avait chaud, très chaud… Elle dut faire un effort surhumain pour ne pas laisser deviner le torrent d'émotions qui la submergeait, et ne fut pas certaine d'y réussir.

Mais, soudain, il recula d'un pas et laissa retomber ses bras le long de son corps.

— Le petit déjeuner nous attend, déclara-t-il. Rosa t'a aperçue sur la terrasse et a pensé que ton désir était de manger dehors.

Les jambes flageolantes, elle le suivit jusqu'à la tonnelle sous laquelle Rosa avait dressé la table.

Un couple de tourterelles perchées non loin roucoulait pour saluer le lever du soleil, et des senteurs en provenance des massifs de fleurs environnants parvenaient à ses narines. En toute autre circonstance, Lisa aurait follement apprécié cet instant idyllique.

Diego lui servit un verre de jus de fruits et lui tendit une pêche cueillie quelques instants plus tôt dans le verger. Lisa mordit dans le fruit, non parce qu'elle avait faim mais parce que l'action étouffait le cri de désespoir qui lui venait aux lèvres.

Si aujourd'hui ressemblait à hier et aux jours précédents, il lui ferait la conversation, lui conseillerait une promenade avant qu'il ne fasse trop chaud, puis s'enfermerait dans son bureau.

Elle-même jouait le rôle qu'elle s'était assigné : l'indifférente. Pour combien de temps encore ?

Lui demander pourquoi il passait si peu de temps avec elle était hors de question. Ce serait lui avouer qu'elle avait besoin de son attention comme de l'air qu'on respire. Elle se languissait de lui, de ses baisers, de ses caresses, de…

— Nous allons à Marbella, ce matin, déclara soudain l'objet de ses pensées en déposant sa serviette sur la table.

Il semble que tu n'aies apporté que des vêtements adaptés pour le shopping dans les rues de Londres, mais tout à fait inadaptés ici.

Il se versa une deuxième tasse de café.

— Je vais t'acheter les vêtements qui conviennent à notre climat.

Complètement déstabilisée par cette soudaine proposition de passer du temps avec elle, Lisa eut toutes les peines du monde à retrouver ses esprits. Que se passait-il ? Les choses étaient-elles en train de changer ? Etaient-ce les prémices de…

Son cœur se mit à battre une folle sarabande dans sa poitrine, sa respiration s'accéléra, le rouge monta à ses joues.

A l'évidence, les vêtements pris au hasard et entassés dans sa valise le matin du départ ne convenaient pas à Diego. Qu'avait-il donc à l'esprit ? Désirait-il lui voir porter des minijupes, des bas à résilles, des escarpins à talons aiguilles, des hauts décolletés à paillettes et sequins ?

Sans doute. N'avait-il pas déclaré que le statut de maîtresse — même temporaire — était trop élevé pour ce qu'il attendait d'elle ?

Allait-il vouloir l'habiller comme une prostituée ?

L'idée était si absurde qu'elle ne savait si elle devait rire ou pleurer, et qu'elle se contenta de fixer sur lui de grands yeux étonnés.

Reposant sa tasse dans sa soucoupe, Diego repoussa sa chaise et se dressa sur ses pieds.

— Manuel va nous avancer la voiture. Je te retrouve devant le perron dans dix minutes.

Dix minutes ! Lisa mit à profit ce temps pour retrouver son calme, afin d'affronter ce qui semblait être la nouvelle phase du jeu.

« Car il s'agit d'un jeu ! » se dit-elle, très agitée, en troquant son jean et son T-shirt pour une robe de cotonnade. Comment expliquer autrement que, depuis leur arrivée, pas une seule fois il n'ait mentionné la raison de leur venue dans ce coin retiré du monde ? Pire encore, comment expliquer qu'il ne l'ait pas encore entraînée dans son lit ?

Aujourd'hui, il venait de lui annoncer son intention de passer du temps avec elle. Aujourd'hui, il avait repoussé la mèche de cheveux qui lui tombait sur les yeux. Aujourd'hui, à l'évidence, se mettait en marche la deuxième phase du jeu.

Cette pensée ne l'aida en aucune façon à retrouver son calme. D'un geste rageur, elle ramena ses cheveux en arrière et, à l'aide d'un ruban de velours noir, les attacha sur sa nuque. Elle aussi participerait au jeu. A sa manière. Elle continuerait à jouer l'indifférence, et même l'ennui. Mais quelle chance avait-elle, face à celui qui semblait être passé maître dans l'art de la manipulation ?

Un talent qui se confirma durant le trajet. En effet, comment ne pas se laisser séduire par sa conversation brillante, vive et passionnante ? Il parla longuement de l'histoire du monastère, de son achat par son grand-père amoureux des vieilles pierres. Il l'avait restauré, le rendant moderne et confortable tout en s'ingéniant à lui conserver son atmosphère et son authenticité.

— Mais mes parents s'en sont détournés. Le lieu est trop isolé pour eux. Je suis le seul de la famille à reprendre le flambeau. Je suis très attaché à cet endroit et je m'y réfugie dès que je le peux. Rosa et Manuel en assurent l'entretien. J'ai toute confiance en eux.

Tandis qu'il parlait, son visage s'était animé, ses traits adoucis. Ses yeux brillaient, comme éclairés par un feu intérieur. Lisa déglutit avec difficulté. Elle retrouvait soudain l'homme qu'elle connaissait, chaleureux, enthousiaste, passionné, fascinant. Celui dont elle était tombée éperdument amoureuse, cinq ans auparavant. Un homme extrêmement dangereux ! s'obligea-t-elle à penser, tandis qu'un frisson la parcourait tout entière.

— Tu trembles ! s'exclama Diego en lui lançant un regard de côté. Que se passe-t-il ? Aurais-tu peur ?

— Absolument pas ! Pourquoi aurais-je peur ? L'air est un peu frais, c'est tout !

Un sourire narquois fleurit sur ses lèvres.

— Oh, bien sûr… C'est la fraîcheur de l'air qui te fait frissonner ! Quelle autre chose pourrait le faire ?

« En voilà assez ! » pensa Lisa, rageuse. Il devait cesser de jouer avec elle comme le chat avec une souris. Il était grand temps de mettre les choses au clair.

— Je n'étais pas dans les meilleures dispositions qui soient lorsque j'ai fait ma valise. J'ai tout simplement oublié la différence qui existe entre les climats de nos deux pays. C'est entièrement de ma faute, je le reconnais. Je m'achèterai une nouvelle garde-robe.

Deux ou trois jupes et T-shirts seraient tout ce qu'elle pourrait s'offrir, Marbella n'étant pas vraiment l'endroit idéal où se rendre pour faire du shopping avec un petit budget. Il ne lui restait guère d'argent sur son compte en banque et, désormais, elle n'avait plus de travail.

— Il n'est pas question que tu achètes quelque vêtement que ce soit ! affirma Diego d'un ton sans réplique.

Il trouva une place pour garer la voiture, arrêta le moteur puis, glissant son bras sur le siège derrière ses épaules, dénoua le ruban de velours qui retenait ses cheveux.

— Au risque de paraître insupportablement suffisant et vulgaire, je pense posséder suffisamment d'argent pour remplacer le « papa gâteau » qui n'est plus là pour régler les factures.

— Arrête ! s'écria Lisa, les joues en feu. Si, une fois encore, tu fais référence aux soi-disant largesses de mon père à mon égard, je… je te frappe !

Elle ouvrit la porte de la voiture avec la ferme intention de s'échapper mais, entourant ses doigts autour de son poignet, il la retint, l'obligeant à se rasseoir.

— Frappe-moi et je ne manquerai pas d'user de représailles !

Alors qu'il prononçait ces mots, ses yeux se fixèrent ostensiblement sur ses lèvres tremblantes.

— Mais je n'utiliserai pas la violence. Il est des façons bien plus subtiles et plaisantes de soumettre une femme.

Un sourire d'intense satisfaction fleurit sur ses lèvres. Durant quatre jours et quatre nuits, il avait laissé se former et grandir en elle un torrent d'émotions. A l'évidence, sa carapace d'indifférence était en train de craquer. Il allait la réduire en poussière.

Il la vit se redresser, lever son menton, de nouveau prête à le combattre bec et ongles. Mais il avait le temps. Bientôt, elle serait douce comme un agneau, le suppliant de mettre fin à cette insupportable attente et, le corps en feu, quémanderait ses caresses. Alors, elle serait à lui, rien qu'à lui !

Tandis que cette pensée lui venait à l'esprit, un désir fulgurant l'assaillit. Il libéra son poignet, honteux de voir la marque rouge laissée par ses doigts sur sa peau délicate.

— Nous avons besoin d'une boisson fraîche avant de nous lancer à l'assaut des magasins, déclara-t-il en sortant de la voiture.

Il allait éprouver un réel plaisir à lui acheter des vêtements. Elle était si belle ! Son refus spontané l'avait étonné, mais il n'avait sans doute été que de convenance.

Elle portait son sac en bandoulière, la lanière de cuir séparant les rondeurs parfaites de ses deux seins visibles sous le tissu léger de sa robe, qui dansait joliment autour de ses hanches lorsqu'elle marchait.

Il détourna son regard. *Cristo !* Elle était la tentation incarnée. Il se pourrait fort qu'il soit celui qui se mettrait à genoux et supplierait… Cela ne faisait pas partie de son plan. Elle devait être celle qui s'agenouillerait et supplierait. Pas lui !

Bientôt, ils atteignirent un café avec terrasse donnant sur

la mer. Ils s'y installèrent et, sans la consulter, il commanda deux gin-fizz. Il devait impérativement trouver un moyen de détendre l'atmosphère afin de lui poser la question qui l'intriguait.

Aux premiers signes de détente — elle avait bu son verre jusqu'à la dernière goutte —, il lança :

— Dis-moi, Lisa, pourquoi te mets-tu en colère chaque fois que je mentionne les largesses de ton père à ton égard ?

— Parce que tu affirmes des choses qui ne sont pas.

La boisson était délicieusement fraîche. De toute évidence, elle avait aidé Lisa à se décontracter, amenant même l'esquisse d'un sourire sur ses lèvres, à la mention des « largesses » de son père.

D'un signe impérieux de la main, Diego ordonna au serveur de remplir de nouveau leurs verres.

— Pourquoi ne pas me dire ce qu'il en est exactement ? Cela me permettra d'être moins stupide dans mes affirmations.

Il lui sourit. Il se sentait un peu coupable. Elle n'avait rien mangé au petit déjeuner, si ce n'est une pêche qu'elle n'avait fait que grignoter. Il ne cherchait pas à l'enivrer, juste à la détendre, à faire tomber cette armure derrière laquelle elle se cachait.

Lisa but une nouvelle gorgée de la boisson rafraîchissante. Elle songea qu'elle devait prendre garde, car la tête commençait à lui tourner.

Prenant une profonde inspiration, elle lança :

— Mon père n'a jamais montré la moindre tendresse à mon égard du vivant de ma mère, et encore moins après sa mort. Il m'a alors mise dans un pensionnat et, lorsque je rentrais pour les vacances, il demandait aux Clayton de m'héberger. Voilà pourquoi je suis si proche de leurs jumeaux, Sophie et Ben.

Ses yeux s'embuèrent. Elle avait été très proche d'eux et, désormais, ce n'était plus le cas.

A la vue de son évidente tristesse, Diego arqua ses sourcils et dut lutter contre le désir irrépressible de la prendre dans ses bras.

— Sans doute était-il très affecté par la mort de sa femme et désirait-il que tu sois entourée…

Lisa laissa échapper un soupir.

— De toute évidence, Diego, tu ne connais pas mon père.

Cherchait-elle à l'apitoyer ?

— Je le connais peu, il est vrai. Mais j'ai pu constater de mes propres yeux les somptueux cadeaux qu'il te faisait et, surtout, le poste à haute responsabilité qu'il t'a offert au magazine. A propos, as-tu terminé tes études universitaires ?

Le mépris évident que Lisa décela dans la voix de Diego dissipa sur-le-champ les illusions qu'elle pouvait avoir sur son subit intérêt.

— Les seuls cadeaux jamais offerts par mon père ont été un livre à chaque Noël et une montre pour mes dix-huit ans. Ce n'est pas lui qui a choisi celle-ci. Il a demandé à Honor Clayton de le faire. Quant à mes études universitaires, je n'ai pas eu l'occasion de les commencer, encore moins de les terminer. Dès mon retour d'Espagne, il y a cinq ans, il m'a expliqué qu'étant donné les difficultés financières rencontrées par la maison d'édition il n'était pas question, pour moi, de perdre mon temps dans les études. Je devais rejoindre le personnel, et accepter toutes les tâches qui se présenteraient pour un salaire minimum.

— Et tu as accepté ?

— Evidemment ! Pour la première fois, mon père s'intéressait à moi, affirmait avoir besoin de mes services. Comment aurais-je pu refuser ? Je voulais tellement lui plaire !

Diego sentit son estomac se contracter. Se pouvait-il qu'il se soit trompé sur son compte ? La vue de ses yeux couleur de ciel, embués de larmes, lui était insupportable.

Battant frénétiquement des paupières, Lisa voulut se lever.

Il était temps de partir. Elle en avait déjà beaucoup trop dit. C'était la faute de cette boisson qui lui montait à la tête…

S'emparant de ses mains, Diego l'obligea à se rasseoir.

— Restons une minute encore.

Ses mains semblaient si menues, dans les siennes ! songea-t-il. Cinq ans plus tôt, la délicatesse de ses traits et de son ossature avait éveillé en lui un instinct spontané de protection. Sa beauté fragile le bouleversait. La même émotion le submergeait aujourd'hui, le besoin de l'aimer, de l'adorer, de la chérir.

Qu'un père puisse avoir privé son enfant de sa tendresse lui paraissait une ignominie.

S'était-il totalement trompé dans son jugement ? Aurait-il dû écouter ses explications concernant cette fameuse soirée, cinq ans plus tôt ?

S'il faisait ce que lui dictait sa conscience, s'il écoutait ses arguments, s'il s'excusait de l'avoir mal jugée, alors, peut-être, leur relation pourrait-elle reprendre sur de nouvelles bases. La magie était toujours là. Elle agissait sur lui, le rendant fou de désir dès que ses yeux se posaient sur elle. Le simple contact de ses mains sur les siennes le bouleversait jusqu'au plus profond de lui-même.

— Ton père t'a-t-il enfin donné son estime ? demanda-t-il.

Lisa ne répondit pas. Comment l'aurait-elle pu ? Elle sentait la douce chaleur de ses mains emprisonnant les siennes. C'était si bon ! Elle revivait ces moments de pure magie qui les avaient réunis cinq ans auparavant, quand elle croyait qu'ils s'aimaient pour la vie et que rien, jamais, ne pourrait les séparer. Mais ce temps-là était révolu.

Comme elle retirait ses mains de l'étreinte des siennes, elle ressentit une immédiate frustration, un manque terrible. Elle essaya désespérément de se concentrer sur la question.

— S'il l'a fait, il ne m'en a donné aucun signe.

Une infinie tristesse se lisait dans ses yeux. Diego se pencha vers elle.

— Quel type d'homme est-il donc ?

— Je l'ignore. Jamais il ne m'a laissée être assez proche de lui pour le découvrir.

— Tu as accepté ma demande, tu as rompu tes fiançailles, blessant ainsi irrémédiablement l'homme que tu étais censée aimer. Tu as fait tout cela pour sauver l'entreprise familiale et l'homme qui, d'après toi, ne t'a jamais manifesté la moindre tendresse paternelle.

Lisa secoua la tête. Une atroce migraine commençait à lui vriller les tempes. Elle n'aurait pas dû vider son premier verre aussi vite. Elle n'aurait jamais dû répondre à ces questions qui la concernaient si intimement. Mais il était trop tard pour s'arrêter.

— Cela ne s'est pas tout à fait passé ainsi… Ben et moi n'avons jamais été amoureux l'un de l'autre.

Baissant la tête, elle reporta son attention sur son doigt sans bague.

— Une tendre amitié nous lie depuis l'enfance et, le temps passant, l'idée nous est venue de nous unir pour la vie. Rompre notre engagement lui a été facile, mais Ben m'a fait tout de même comprendre que laisser *Lifestyle* sombrer ne serait pas la fin du monde, ni pour nos parents, ni pour le personnel… Et qu'en conséquence, je pouvais dire non à ta proposition en toute bonne conscience.

Mais elle ne l'avait pas fait.

Une onde de chaleur submergea Diego tandis qu'il se levait de table et lui tendait la main pour l'aider à se lever à son tour. Ce qu'elle venait de lui révéler revêtait une importance capitale. Elle avait accepté sa proposition sans aucune pression. Elle avait accepté de le suivre en Espagne de sa propre volonté. Elle éprouvait donc toujours un sentiment pour lui.

Madre de Dios !

Si le passé pouvait être oublié, les cinq dernières années effacées, alors…

— J'étais sur le point de te téléphoner, poursuivit-elle, afin de t'informer que j'avais changé d'avis, que le marché était rompu, quand mon père m'a convoquée dans son bureau. J'ignore ce que tu lui as dit, mais il est convaincu que je suis pour quelque chose dans le sauvetage de *Lifestyle*.

Elle eut un rire amer.

— Il m'a affirmé que, pour la première fois, il était fier de moi, qu'il ne regrettait plus de ne pas avoir eu un fils. Il m'était impossible de le décevoir. Son indifférence à mon égard se serait muée en haine. Je n'aurais pu le supporter.

Un froid glacial envahit Diego.

Il avait bien failli commettre la même sottise qu'il y a cinq ans. Elle ne l'avait pas suivi en Espagne parce qu'elle éprouvait un quelconque sentiment pour lui. Elle avait tout simplement vendu son corps, pour un temps donné, afin d'acquérir une existence aux yeux de son père.

Il crispa les mâchoires, la rage au cœur. Il ne lui restait plus qu'à tirer avantage de ce qu'il avait acheté si cher : Lisa.

7.

Les choses étaient en train de changer, Lisa en avait l'intime conviction.

S'arrêtant l'espace d'un instant en haut de l'escalier monumental qui conduisait à la salle à manger, vêtue de la robe fourreau de soie sauvage achetée par Diego, Lisa sut très exactement à quel moment précis le changement avait eu lieu : à Marbella, juste après qu'elle eut vidé son verre de gin-fizz et expliqué pourquoi, en fin de compte, elle avait accepté le marché.

Pour l'entourage, le changement était sans doute trop subtil pour être noté. Mais pour elle, rendue sensible au moindre détail de l'attitude de l'être aimé, elle le percevait dans chacune des fibres de son corps.

Ce jour-là, Diego avait arpenté les rues de Marbella comme si la ville entière lui appartenait, adoptant la démarche altière et l'air assuré de celui qui sait que le moindre de ses caprices va être satisfait. Il l'avait conduite dans une des boutiques de mode les plus huppées de l'endroit, et Lisa s'était aussitôt sentie ridicule dans la robe qu'elle portait.

Après cette première humiliation, elle avait agi comme un automate, se laissant faire, toute résistance annihilée.

Une élégante vendeuse s'était précipitée pour les accueillir, un sourire engageant affiché sur les lèvres. Diego s'était alors installé dans un fauteuil tandis qu'une gamme de vêtements, tous plus stylés et luxueux les uns que les autres, était présentée à sa royale approbation.

Deux heures plus tard, un jeune porteur en livrée les accompagnait à la voiture, chargé de paquets.

« Qu'il dépense son argent, si cela lui plaît ! avait pensé Lisa, fataliste. Après tout, c'est son problème, pas le mien ! »

Pendant le repas qui avait suivi les achats, peu de mots avaient été échangés, et peu de nourriture consommée. Puis ils avaient repris la route conduisant au monastère.

Le malaise de Lisa allait grandissant. La froideur de son compagnon était évidente. De nouveau, elle n'était qu'une marionnette dont il tirait les ficelles. Toutefois, elle ne regrettait pas de s'être ouverte à lui sur la nature des relations qui l'unissaient à son père et à Ben, ainsi que sur les raisons qui l'avaient poussée à accepter son odieux marché.

Cela avait été un réel soulagement, convint-elle alors qu'elle descendait les marches du majestueux escalier de pierre conduisant à la salle à manger.

Il était temps que Diego se confie à son tour. Depuis leur nouvelle rencontre, chacun se cachait derrière des mots de convenance ou de condamnation réciproque. Il fallait que cela cesse.

Manuel avait transporté les paquets jusqu'à sa chambre et Rosa avait rangé les vêtements dans son armoire. Quant à Diego, il avait enfin rompu le silence pour lancer :

— Fais-toi belle, ce soir. Nous dînons dans la grande salle à manger, et je veux que ce que j'ai acheté soit mis en valeur.

Ce que j'ai acheté !

A l'évidence, elle faisait partie du lot. Les mots prononcés l'avaient immédiatement propulsée, de nouveau, dans la résistance.

Elle avait exécuté son ordre et choisi avec soin la plus belle tenue acquise le matin à Marbella. La beauté est une arme. Pourquoi ne pas s'en servir ?

Ses cheveux blonds lavés et longuement brossés tombaient en cascade sur ses épaules. Son maquillage, savamment étudié, mettait en valeur chacun de ses atouts : son teint de nacre, ses immenses yeux bleu azur, ses longs cils recourbés, ses lèvres bien ourlées.

Ce soir, elle serait belle, non pas pour satisfaire les caprices de son hôte, mais parce qu'elle le désirait ainsi.

Elle se sentait prête pour le combat, prête pour le remporter.

Les autres soirs, ils prenaient leur repas dans le patio ou dans la petite pièce attenante à la terrasse avec vue sur la vallée.

Ce soir, il avait choisi la salle à manger, sans doute pour l'impressionner. S'il croyait y parvenir, il se trompait. Ce fut, tout au moins, la promesse solennelle qu'elle se fit en poussant les lourds vantaux de bois sculpté de la porte.

Ceci fait, elle s'arrêta sur le seuil, le cœur battant à tout rompre. Le lieu était terriblement impressionnant, elle devait le reconnaître. Avec au plafond ses poutres sculptées, au sol son marbre incroyablement lustré, aux murs ses tapisseries et tableaux d'un autre âge, ses vitraux de cathédrale aux fenêtres et, surtout, sa table immense munie de chandeliers, la pièce dégageait une atmosphère qui la transportait, comme par magie, hors du temps et de l'espace.

Deux couverts avaient été dressés, chacun à un bout de la table.

Le premier moment de surprise passé, Lisa repoussa les sarcasmes qui lui venaient aux lèvres. Ils allaient avoir besoin de talkies-walkies pour communiquer !

Elle s'avança d'un pas ferme, faisant claquer les talons de ses escarpins sur le sol de marbre.

Diego se leva de son siège, tenant à la main un verre rempli de ce qui parut être du whisky.

En tenue formelle — veston sombre et chemise blanche — il était plus séduisant que jamais.

Tandis qu'elle s'approchait de la table, Diego ne la quitta pas des yeux. Elle était superbe ! La robe de soie moulait son corps de déesse, le bustier mettait en valeur les rondeurs parfaites de sa poitrine, laissant nues ses épaules caressées par ses cheveux blonds en liberté. Cette fois, elle s'était maquillée, prenant soin de souligner avec art chaque détail des traits de son visage, donnant à voir ses immenses yeux couleur de ciel, ses cils recourbés qui faisaient une ombre sur ses joues de porcelaine, ses lèvres…

Madre de Dios !

Sa beauté était une arme qui pouvait se retourner contre lui.

Il était très difficile, pour Lisa, de rester de marbre sous le regard scrutateur de Diego. Aussi éprouva-t-elle un immense soulagement quand, après une légère inclination de la tête pouvant être interprétée comme un signe d'approbation, il quitta son siège pour se diriger vers le meuble, près de la cheminée où pétillait un feu de bûches.

Son soulagement ne dura guère. Diego prit dans le meuble un écrin de velours bleu nuit et s'approcha d'elle. Quand il l'ouvrit, elle se figea, tétanisée.

— Ignorant quel vêtement tu choisirais de porter et donc sa couleur, déclara-t-il, j'ai pensé que ces diamants seraient la parure la plus adaptée.

Les diamants brillaient de mille feux sur leur lit de velours.

Les yeux grands comme des soucoupes, Lisa vit Diego poser l'écrin sur la table et s'emparer du collier pour le lui mettre autour du cou. La promesse qu'elle s'était faite de rester calme, distante et réservée, s'évanouit comme neige au soleil.

Elle le repoussa avec violence.

— Je ne veux pas de ces diamants !

— Oh, mais je ne te les donne pas, je peux te l'assurer, Lisa ! Je les emprunte pour cette soirée seulement. Pour mon plaisir. Afin de pouvoir jouir du spectacle de la beauté magnifiée.

Tétanisée, Lisa le laissa soulever ses cheveux et la parer du bijou. A la moindre tentative de résistance, il aurait utilisé la force, elle en était certaine. Un seul contact de ses doigts sur sa peau nue, et elle ressentit comme un choc électrique. Une onde de chaleur la parcourut tout entière.

Son cou paré, Diego s'occupa de son poignet, l'ornant de deux bracelets de diamants semblables à ceux du collier. Une paire de pendentifs qu'il fixa à ses oreilles compléta la parure.

— Ces bijoux appartiennent à ma mère, expliqua-t-il. Il lui arrive de les porter lorsqu'elle passe quelques jours ici. Elle aime alors recevoir ses amis.

Lorsqu'il se recula d'un pas pour apprécier le résultat de son travail, elle s'enquit, glaciale :

— Viendra-t-elle nous rejoindre ? Vas-tu me présenter ?

— Certainement pas ! Il est des femmes qu'un homme se sent honoré de présenter à sa mère. Tu n'en fais pas partie.

Ces mots confirmèrent — s'il en était encore besoin — son état d'esprit à son sujet. Mais ce qu'il pensait d'elle, désormais, importait peu à Lisa. Après ce qu'elle allait lui dire ce soir, il ne pourrait plus lui faire du mal.

Tel était du moins son état d'esprit quand Manuel et Rosa pénétrèrent dans la pièce pour les servir.

Hélas, Diego lui murmura des mots à l'oreille, et elle ne fut plus sûre de rien.

— Ce soir, Lisa, mes yeux vont se repaître de ta radieuse beauté. Je vais éprouver un plaisir à te contempler, toi, et personne d'autre.

« C'est-à-dire un objet acheté très cher et dont il désire jouir à son aise ! » pensa Lisa, tandis qu'un frisson parcourait sa colonne vertébrale. Finalement, elle était comme ces diamants qu'on sort de temps à autre pour les contempler avant de les remiser dans leur écrin.

Manuel et Rosa jouèrent le rôle qui leur avait été assigné à la perfection, leur servant en silence des mets délicats et savoureux avant de se retirer pour la nuit, les laissant achever le repas par une tasse de café.

— Tu devrais les équiper de rollers, Diego, fit remarquer Lisa, sarcastique. Ils circuleraient plus vite autour de cette table.

Soutenir le regard de Diego, fixé sur elle durant tout le repas, avait été une épreuve, quasiment un supplice. En maniant l'ironie, elle espérait le convaincre que sa mise en scène ne l'avait nullement impressionnée.

Au lieu de lui répondre, il se contenta de se redresser, s'adossant au dossier de son siège, comme pour poursuivre sa contemplation dans le confort.

Se redressant à son tour, Lisa lança alors d'une voix ferme :

— La comédie a assez duré, Diego ! Demain matin, je quitte cet endroit où il semble que je n'ai rien à faire, même si je dois, pour cela, aller à pied jusqu'à l'aéroport. Fais ce que bon te semble de ta part du marché. Annule ton aide financière pour le sauvetage de *Lifestyle*. Finalement, je me sens prête à affronter le mépris paternel. Après tout, je l'ai supporté jusqu'ici et j'ai survécu.

A Londres, il l'avait empêchée de parler, d'expliquer les raisons de sa conduite, déclarant ne pas vouloir écouter son « tissu de mensonges ». Ce soir, il allait devoir écouter sa version des faits.

— Si tu pars, je te suis, Lisa. Où que tu ailles, je te retrouverai.

— Il existe certainement une loi qui protège contre ce type de harcèlement ! s'insurgea-t-elle. En tout cas, aucune loi n'exige que je reste ici.

Elle but une gorgée de son verre de vin afin de se donner le courage de poursuivre.

— Toutefois, je suis prête à rester si tu acceptes de répondre à mes questions. Mais pas ici ! Le lieu est beaucoup trop froid et formel ! Je vais dans le patio. Si ça n'est pas trop te demander, tu peux m'y rejoindre.

Qu'elle réussisse à se lever et à quitter la pièce sans s'écrouler fut, pour Lisa, une heureuse surprise. Il n'était pas certain qu'il la suivrait.

Il le fit pourtant, de longues et interminables minutes plus tard, ce qui faillit avoir raison de ses nerfs.

Il apparut bientôt dans la lumière tamisée du patio. Il avait ôté la veste de son costume sombre, enlevé sa cravate de soie, retroussé les manches de sa chemise, désormais déboutonnée au col. Les rayons argentés de la lune, cachée jusqu'à présent par un nuage, semblaient là tout exprès pour mettre en valeur la perfection de ses traits, l'élégance absolue de chacun de ses mouvements.

Il avait pris son temps pour la rejoindre, mais il était là, nettement moins guindé que dans la salle à manger imposante. Lisa sentit une intense excitation l'envahir. Peut-être allaient-ils pouvoir, enfin, faire un pas l'un vers l'autre.

Hélas, elle n'allait pas tarder à perdre ses illusions.

— Que les choses soient claires, articula Diego dès qu'il fut devant elle. Tu peux me poser toutes les questions que tu veux, mais je ne répondrai qu'à celles qui me plaisent. Et tu vas rester ici aussi longtemps que je le voudrai.

Il posa sur la table la bouteille de vin et les deux verres qu'il tenait à la main.

— Prends place là où je peux te voir, ordonna-t-il en lui indiquant, d'un geste autoritaire de la main, un siège près du mur couvert de vigne grimpante.

Il avait dû appuyer sur un bouton, car une lampe s'éclaira comme par magie, nimbant le siège désigné d'une lumière dorée.

A l'évidence, il n'était pas enclin à permettre un entretien durant lequel ils laisseraient parler leur cœur. Diego Raffacani souhaitait garder la maîtrise du jeu.

Déterminée à ce que cela cesse, tout en prenant place sur le siège indiqué, elle lança, véhémente :

— Tu me traites comme une criminelle ! Tu me fais porter l'entière responsabilité de l'échec de notre relation passée en oubliant une chose : tu m'as menti dès le premier jour de notre rencontre. Cela ne fait-il pas de toi un fieffé hypocrite ?

Elle aurait pu ajouter qu'il était également le seul homme qu'elle ait jamais aimé, le seul qu'elle aimerait toute sa vie. Aucun autre homme, jamais, ne lui ravirait son cœur.

Son seul et unique désir était que tout redevienne comme avant, au temps où ils étaient éperdument amoureux l'un de l'autre.

Quelle incroyable naïveté ! Diego ne l'avait jamais aimée… Il s'était seulement amusé, l'espace d'un été.

Il lui était impossible de déchiffrer l'expression de son visage. Elle était dans la lumière. Il se tenait dans l'ombre.

Lorsqu'il reprit la parole, elle crut déceler une pointe d'amusement dans sa voix.

— En tant que criminelle, ma chère Lisa, avoue que tu es traitée comme une princesse sans avoir encore subi aucun châtiment. Si j'étais à ta place, j'éviterais de me plaindre et…

Sa voix se durcit soudain.

— … jamais je ne t'ai menti ! Alors, je t'en prie, cesse d'attenter une fois encore à mon honneur avec de fausses accusations.

— De fausses accusations ! Explique-moi pourquoi tu m'as laissé croire que tu étais serveur, alors que tu étais immensément riche.

— C'est toi qui as conclu que j'étais serveur, Lisa. Pour ma part, je t'ai simplement informé que je passais mes soirées à travailler dans un hôtel-restaurant, ce qui était vrai. Tu vois, je me souviens de chaque mot que nous avons échangé. L'hôtel dans lequel je t'avais donné rendez-vous, ce soir-là, était le dernier acquis par ma famille. Mon père

— un homme très sage — avait exigé que je connaisse tous les rouages du métier avant d'en être le patron. Ce soir-là, je remplaçais le gérant et j'étais responsable de la bonne marche de l'établissement.

Les yeux de Lisa s'embuèrent de larmes. Son cœur battait la chamade. Ne venait-il pas de lui avouer qu'il se rappelait chaque mot de leurs conversations ? L'aurait-il fait, si leur aventure n'avait été qu'un flirt sans importance ?

— Pourquoi ne pas m'avoir révélé qui tu étais exactement, Diego ? Je t'ai longuement parlé de moi ou, pour être plus exacte, j'ai répondu aux nombreuses questions que tu me posais… Pourquoi m'avoir laissé croire des choses qui n'étaient pas ?

— Dès mes dix-sept ans, j'ai été l'objet de l'attention de femmes qui m'approchaient pour une seule et unique raison : j'étais riche. J'aimais te laisser penser que je n'étais qu'un serveur obligé de gagner durement sa vie. Tu étais encore si jeune, à l'époque ! Tu laissais parler ton cœur et, pour moi, c'était une bouffée d'air frais. Hélas, aujourd'hui, tu as grandi et tu es prête à tout pour profiter de la fortune à la portée de ton avidité.

Encore bouleversée par la pensée qu'elle comptait pour lui, il fallut quelques secondes à Lisa pour comprendre ce que ces mots impliquaient.

Seigneur, il n'avait pas cru une seule syllabe de son explication ! Pour lui, elle n'avait accepté sa proposition que pour avoir accès à sa fortune !

Telle était donc l'opinion qu'il avait d'elle. Elle ne l'avait suivi que pour lézarder au soleil, se faire servir par des domestiques stylés, porter des vêtements hors de prix issus des boutiques les plus huppées de Marbella, des diamants…

Elle aurait volontiers déchiré sa robe sur-le-champ si elle n'avait craint de se retrouver devant lui en sous-vêtements.

En revanche, il lui était facile de se débarrasser de ces maudits diamants.

Les joues en feu, elle bondit sur ses pieds et arracha de ses poignets et de ses oreilles les bracelets et pendentifs qu'elle jeta sur la table. Elle les aurait volontiers jetés dans les fourrés si elle n'avait craint qu'il ne l'oblige à les chercher à genoux.

Le collier fut plus difficile à ôter. Des larmes d'humiliation lui vinrent aux yeux tandis qu'elle se battait vainement contre le fermoir sophistiqué.

— Permets-moi…

Se levant de son siège, Diego vint se placer derrière elle. Elle se figea, tétanisée, tandis qu'il lui ôtait le bijou. L'épreuve était trop difficile. Elle étouffa un sanglot. Diego déposa le collier sur la table puis, ses mains sur ses épaules, il l'obligea à lui faire face.

— Je suis désolé, dit-il. Je ne voulais pas te faire pleurer.

Il semblait sincère. Sa voix était d'une douceur infinie. Tendant sa main vers son visage, il essuya une larme du bout de ses doigts. Bouleversée, Lisa ne put retenir ses pleurs.

— S'il te plaît, Lisa, ne pleure pas…

De ses doigts, il caressa ses lèvres tremblantes. Levant les yeux, elle rencontra les siens.

— Embrasse-moi !

Qui avait lancé cette supplique ? Lui ou elle ? Quelle importance ? Tous deux désiraient avec la même force ce baiser. Leurs lèvres se joignirent en une étreinte qui sembla ne jamais vouloir finir.

Après la traversée d'un désert aride, ils s'abreuvaient enfin à la seule source capable de les désaltérer. Leur soif était inextinguible.

Les pierres chargées d'histoire qui les entouraient, les senteurs entêtantes et troublantes des nuits espagnoles, la lumière de la lune et des étoiles au-dessus de leur tête, tout semblait participer à la magie du moment.

Ils étaient seuls au monde dans un décor de rêve.

Les fines bretelles de la robe de soie portée par Lisa glissèrent lentement sur ses épaules, laissant à découvert sa poitrine palpitante.

Diego recula d'un pas afin d'apprécier pleinement le spectacle. Il sut alors pourquoi il avait emmené Lisa dans ce refuge singulier entre tous. Il s'avérait être l'écrin parfait à sa sublime beauté.

Il vivait un moment de pure extase. Des mots en espagnol tombèrent de ses lèvres sans qu'il puisse les retenir. Il se rapprocha et ses doigts impatients trouvèrent la fermeture à glissière de la robe. Le fourreau de soie glissa le long de son corps et tomba sur le sol.

Une culotte de fine dentelle dissimulait sa féminité. Sa peau de nacre luisait sous les rayons argentés de la lune. Elle tenait ses yeux fixés sur lui. Il put lire le désir au fond de ses prunelles.

Elle le désirait.

Lui et personne d'autre.

Il devait s'en persuader.

Sans plus tarder, il la souleva dans ses bras et l'emporta, tel un précieux fardeau, jusqu'à sa chambre et son lit.

Là était indéniablement sa place.

8.

Il la déposa délicatement. Le couvre-lit de satin sombre fit alors un nouvel écrin pour son corps somptueux. Lisa n'avait nul besoin de diamants. Sa beauté naturelle était si parfaite qu'aucun bijou ne pouvait rivaliser avec elle. Ses longs cheveux blonds faisaient comme une auréole autour de sa tête. Elle avait l'air d'un ange tombé du ciel.

Son cœur battant à tout rompre, Diego se releva et se mit en devoir de déboutonner sa chemise. Ses mains tremblaient d'impatience. Il la désirait si fort que son corps en était douloureux. Il ne voulait et ne voudrait jamais qu'elle.

Une brise légère, entrée par une des fenêtres entrouvertes, vint caresser son torse dénudé tandis qu'il laissait tomber le vêtement à ses pieds sans la quitter des yeux.

Cela faisait si longtemps qu'il attendait cet instant ! L'émotion nouait sa gorge. Il pouvait à peine respirer. Enfin, il allait la faire sienne !

Fascinée, Lisa le contemplait tandis qu'il se déshabillait. Elle se repaissait du spectacle. Il était beau comme un dieu.

Quand il ôta son pantalon et son slip, elle retint sa respiration devant la preuve évidente de son désir.

Elle tendit ses mains vers lui. Il les prit dans les siennes, déposant un baiser sur le bout de ses doigts, puis au creux de chacune de ses paumes, comme il le faisait autrefois.

— Diego…

Son nom, prononcé comme une prière, n'était-il pas le signe de cette soumission qu'il attendait depuis si longtemps ?

Madre de Dios !

Etait-elle consciente de ce que révélait la lumière allumée au fond de ses prunelles tandis qu'elle le contemplait ?

Se penchant, il effleura ses lèvres du bout de ses doigts. Elles s'entrouvrirent aussitôt en une invite irrésistible tandis que ses paupières ornées de longs cils recourbés se fermaient pudiquement.

Il s'allongea à son côté, le corps tendu comme un arc. Une vague de bonheur intense le submergea quand elle se lova contre lui, enroulant ses jambes autour des siennes.

Il dut faire un effort surhumain pour ne pas la prendre sur-le-champ. Il voulait se perdre en elle. Son désir était violent, sauvage, primitif. Il devait impérativement se contrôler.

— Doucement, mon ange, nous avons le temps..., murmura-t-il dans un souffle.

Il voulait goûter, savourer chaque seconde de cet instant magique, de ces prémices des voluptés qui allaient suivre et dont il avait rêvé de longues nuits durant. Elles balaieraient d'un seul coup — du moins l'espérait-il — des années de colère et de frustration.

Mais il ne put retenir longtemps ses mains, impatientes de caresser ce corps qui s'offrait à son regard, d'ôter le slip arachnéen, fragile rempart qui protégeait encore de sa vue sa féminité.

Elle vibra sous ses caresses, cambra ses hanches pour mieux s'offrir à ses mains.

Elle le désirait autant qu'il la désirait.

Ses mains posées sur les délicieuses courbes de ses hanches, il la pressa contre lui. Elle gémit, ses lèvres déposant des myriades de baisers tout au long de son cou.

— Prends-moi, je t'en supplie...

Diego se figea. Il pouvait être satisfait. Il avait obtenu ce qu'il voulait. Lisa se tenait dans son lit, s'offrant sans réserve à ses caresses, le suppliant de la prendre, totalement soumise à son bon plaisir.

Pourtant, contre toute attente, il n'était pas satisfait.

Il voulait plus, beaucoup plus que cet acte primitif de l'accouplement.

Il ne savait pas le moins du monde d'où ce besoin avait surgi, mais il était si fort, si puissant, qu'il occultait toute autre pensée dans son esprit.

Ces dernières minutes, quand la peau de Lisa avait touché la sienne, quand leurs deux corps s'étaient rapprochés, poussés par le désir incoercible de ne faire plus qu'un, une émotion jusque-là inconnue était née et, brusquement, son désir de vengeance lui avait paru absurde.

Il se pourrait bien, finalement, qu'il ne trouve pas la rédemption souhaitée et soit le grand perdant du jeu.

Se redressant sur son coude, ses yeux se repaissant du spectacle de son visage aux traits si harmonieux, conscient des terribles conséquences que pouvaient engendrer les mots à venir, il lança :

— Le jeu est terminé, Lisa. Tu as rempli ta part du marché. Tu es dans mon lit, prête à te donner à moi. De mon côté, je vais respecter mon engagement.

Il changea légèrement de position, creusant l'espace entre eux, se détestant, terrifié à l'idée de perdre pour toujours cette intimité retrouvée.

— Le magazine *Lifestyle* est sauvé. Ton père ne pourra te faire aucun reproche et gardera à jamais sa bonne opinion de toi. Tu es libre de regagner ta chambre dès maintenant, si tu le veux, et Londres dès que je pourrai te réserver un billet d'avion.

En état de choc, Lisa ne put prononcer un mot. Il la renvoyait ! Elle s'offrait à lui sans réserve et il disait : « Non merci » ! Son seul et unique désir avait été de l'humilier.

Dans l'espoir de comprendre ce qui se passait, elle scruta attentivement son visage, mais n'y trouva aucune réponse.

Ayant obtenu ce qu'il voulait — l'entraîner dans son lit, prête à se soumettre à son bon plaisir —, il pouvait se débarrasser d'elle comme d'un jouet ne présentant plus le moindre intérêt.

— Tu es vraiment l'être le plus ignoble que je connaisse, Diego !

La nausée au bord des lèvres, elle tenta de se lever et de quitter ce lit infamant, mais deux mains fermes se posèrent sur ses épaules, l'obligeant à s'adosser aux oreillers.

— *Tranquilo !* Permets à l'être ignoble que je suis de terminer son explication. Je veux que tu restes, Lisa. Je le veux plus que tout au monde. Mais seulement si toi aussi tu le veux, de ton plein gré, sans qu'aucune menace ne soit brandie au-dessus de ta tête. Tu ne me dois rien et si tu restes, ce sera parce que tu l'as décidé. Sinon, te faire l'amour perdra tout son sens pour moi. Tu comprends ?

Terrassée par l'émotion, Lisa prit le visage de l'être aimé en coupe dans ses mains. Son cœur était si débordant d'amour qu'il allait sûrement exploser. Diego voulait qu'elle reste auprès de lui. Il voulait lui faire l'amour, et non s'adonner simplement aux plaisirs de la chair. Il voulait donner du sens à ce qui allait se passer…

Elle avait donc de l'importance pour lui !

Elle se rapprocha, comblant l'espace insupportable qu'il avait instauré entre eux. Peut-être se souvenait-il enfin de la magie de leur rencontre, cinq ans plus tôt. Peut-être regrettait-il d'avoir alors collectionné les conquêtes — une femme pour le jour, une autre pour la nuit.

— Je veux rester auprès de toi, Diego. Cela a été mon rêve depuis notre première rencontre. Je voudrais tellement que tout redevienne comme avant !

— C'est impossible, mon ange, répondit Diego, tout en caressant la courbe parfaite de sa hanche. Nous ne pouvons faire comme si le passé n'existait pas, même si nous le voulons très fort. Toutefois, nous avons grandi, mûri, et nous pouvons tenter de nous concentrer sur le présent.

Sa main se posa sur l'un de ses seins. De son pouce, il en titilla la pointe durcie. Lisa se cabra, ivre de désir.

— Tu es si belle, Lisa, si désirable !

Rendue rauque par l'émotion, sa voix était à peine audible, mais elle résonna comme une musique céleste aux oreilles de Lisa.

— J'ai tant attendu, tant rêvé de cet instant ! confessa-t-il, sa main explorant chaque centimètre carré de ce corps gracile et délicat dont la vue l'émouvait, le bouleversait jusqu'au plus profond de lui-même.

De son côté, Lisa vibrait de tout son corps sous ses caresses. Son cœur battait la chamade. Des torrents de lave incandescente coulaient dans ses veines. Elle se cambra pour mieux profiter de ses attouchements.

— Sois patiente, mon ange... Je suis un homme qui aime prendre son temps. Je veux te procurer plus de plaisir que tu n'en as jamais eu. Après cette nuit, il n'y aura plus de place pour un autre homme que moi dans ton cœur et dans tes pensées.

« Il n'y a jamais eu un autre homme que toi dans mon cœur et dans mes pensées », songea Lisa extatique, en se demandant si elle devait le lui avouer. Mais toute pensée rationnelle disparut de son esprit quand la bouche de Diego suivit le chemin exploré d'abord par ses doigts.

Elle était vierge !

Ainsi, se dit Diego, Lisa avait accumulé les conquêtes sans se donner à aucun des hommes pris dans ses filets. Elle n'avait même pas partagé le lit de Clayton !

Il ne pouvait ôter son regard de la belle endormie, une intense émotion lui étreignant le cœur.

Il était tombé éperdument amoureux d'elle, dès leur première rencontre. Il l'avait hissée sur un véritable piédestal. Elle était la femme de sa vie. Elle représentait alors l'innocence, la pureté… Hélas, alors qu'il se préparait à la demander en mariage, il l'avait vue dans les bras de Clayton, ses lèvres collées aux siennes.

A cette époque, il avait été un incorrigible romantique. Il ne l'était plus.

Avec une immense tendresse, prenant grand soin de ne pas la réveiller, il recouvrit son corps nu du couvre-lit de satin. Elle était plus adorable encore dans son sommeil. Les premières lueurs de l'aube filtraient au travers des interstices des volets. Ils avaient fait l'amour encore et encore, plus émerveillés, plus éblouis à chaque nouvelle étreinte. Il aurait dû se sentir épuisé. Au contraire, galvanisé par une énergie nouvelle, il était prêt à soulever des montagnes.

Il quitta la chambre sur la pointe des pieds.

Une longue promenade s'imposait. Il avait un sérieux besoin de réfléchir, de comprendre ce qu'il éprouvait, ce qui lui arrivait. Y avait-il un futur possible pour Lisa et lui ?

Le flot de lumière filtrant à travers les volets et inondant la pièce réveilla Lisa. Elle entendit le roucoulement des tourterelles en provenance du colombier, un son doux et tendre en totale harmonie avec son humeur. Elle ouvrit les yeux et se tourna sur le côté. La place occupée par Diego était vide. Ainsi, il avait quitté la chambre, la laissant seule. Elle laissa échapper un soupir. Que lui importait qu'il se soit levé et l'ait laissée dormir ? La nuit avait été exceptionnelle.

Ce qu'il ressentait pour elle était plus qu'un simple désir charnel, elle en était désormais certaine. Ne lui avait-il pas proposé de regagner sa chambre avant que l'irréparable ne soit commis ? Ne lui avait-il pas avoué qu'il ne lui ferait l'amour que si, de son côté, elle le voulait vraiment ?

Durant toute la nuit, il s'était comporté avec une infinie

tendresse et une vraie délicatesse, comme si elle était un bien de grande valeur, mais aussi avec une ardeur, une passion qu'elle n'imaginait pas.

N'était-ce pas révélateur de ce qu'il éprouvait pour elle ? Elle se sentait sur un petit nuage. Rien de plus beau ne pouvait lui arriver.

Sautant hors du lit, elle enroula ses bras autour de son corps nu comme s'il lui était devenu précieux. Diego l'avait caressé, aimé, fait vibrer. Elle était comblée. Son bonheur était immense. Le monde était magnifique. Jamais la vie n'avait été aussi belle.

Ils avaient retrouvé la magie du passé, elle en était certaine. Et si Diego persistait à ne pas le croire, elle s'ingénierait à le faire changer d'avis.

En attendant, il lui fallait rejoindre sa chambre. Comment le faire sans ses vêtements ? Elle serait fort embarrassée si, dans la tenue d'Eve, elle rencontrait Manuel ou Rosa. C'est alors que Diego pénétra dans la pièce. Le cœur de Lisa bondit dans sa poitrine. En pantalon et chemise de lin beige, celui qui était devenu son amant était magnifique.

Ses prunelles de velours sombre brillaient d'un éclat particulier. Son regard se fit complice et il lui sourit. Une onde de chaleur l'envahit tout entière. Les pointes de ses seins durcirent. Le rose lui monta aux joues tandis qu'il explorait du regard sa complète nudité.

Elle frémit et son pouls s'accéléra. Incroyable ! Il suffisait qu'il entre dans une pièce pour qu'elle ressente sa présence dans chacune des fibres de son corps. Seigneur, elle l'aimait à en mourir… Elle l'aimait plus que tout au monde. Elle voulait qu'il lui fasse l'amour encore et encore, jusqu'à ce qu'elle demande grâce.

Il s'avança vers elle mais la dépassa sans la toucher. Lisa vacilla sur ses pieds. Déposant sur le lit ce qu'il transportait sur son bras, il se retourna, toujours le sourire aux lèvres.

— J'ai récupéré ce que nous avons laissé derrière nous,

hier soir, expliqua-t-il, ta robe et une fortune en diamants. Ce que peuvent penser Manuel et Rosa ne me gêne pas, personnellement, mais il n'en va pas de même pour toi, j'en suis certain. J'ai rangé les bijoux dans leur coffre et ta robe dans l'armoire de ta chambre.

Après quoi, Diego avait fait une longue promenade dans la campagne environnante, en rage contre lui-même. Non, vraiment, il n'était pas fier de son comportement !

A l'écoute de ses explications — elle l'avait suivi en Espagne pour plaire à son père —, il avait voulu la punir. Mais à l'évidence, il était tombé de nouveau éperdument amoureux d'elle sans vouloir l'admettre. Il lui pardonnait sa conduite débridée, cinq ans plus tôt. *Madre de Dios*, elle sortait à peine de l'adolescence !

— Et ça, dit-il, en désignant le vêtement qu'il venait de déposer sur le lit, c'est la robe que tu vas pouvoir porter lorsque tu auras pris ta douche. On se retrouve pour le petit déjeuner dans une demi-heure ?

Incapable de prononcer un mot, elle se contenta de donner son accord d'un signe de tête. Il s'approcha d'elle.

— Si je te touche, Lisa, nous passerons la journée au lit. J'ai d'autres projets. Je connais une charmante petite crique où personne ne va jamais. Nous y serons seuls, toi et moi, complètement isolés du reste du monde.

Il aurait tellement voulu la prendre dans ses bras, sentir vibrer son corps contre le sien, la caresser jusqu'à ce qu'ils oublient tous deux sur quelle planète ils habitaient…

Il ne sut comment il trouva la force de quitter la pièce.

Il allait devoir réprimer son désir jusqu'à ce qu'ils se retrouvent dans cette crique paradisiaque. Là, à l'abri des regards, sous le soleil, il pourrait lui faire l'amour encore et encore. Et si Lisa n'était pas amoureuse de lui, elle allait le devenir, il s'en faisait le serment solennel.

*
* *

Durant de longues minutes, Lisa ne put se mouvoir, tétanisée par ce qu'elle venait d'entendre. Ils allaient passer la journée ensemble, dans une crique isolée, coupée du reste du monde. Rien que lui et elle et personne d'autre !

Il l'aimait !

Elle en était presque certaine.

Presque.

Elle finit par se mettre en mouvement. Le temps fuyait. Elle devait rejoindre Diego, ne pas perdre une seule minute de cette journée qui s'annonçait idyllique.

Elle se doucha puis revêtit la culotte de dentelle et la robe abandonnée sur le lit par Diego. Il n'avait pas laissé de soutien-gorge, et le savant décolleté de la robe mettait en valeur les rondeurs de sa poitrine. Sur le devant du corsage se trouvait une myriade de minuscules boutons de nacre. Le sourire aux lèvres, elle imagina Diego prenant plaisir à les déboutonner un à un…

Toutefois, elle ressentait une certaine nervosité à l'idée de cette journée passée en tête à tête avec l'être aimé.

Quelle serait son attitude ?

Leur nouvelle relation s'inscrirait-elle dans la durée ? Avaient-ils un avenir en commun ? Ne s'agissait-il pas, pour lui, de profiter de l'ardeur d'une femme prête à se donner à lui sans réserve ?

Prenant une profonde inspiration, Lisa tenta de calmer les battements désordonnés de son cœur. Ce n'était vraiment pas le moment de sombrer dans la paranoïa !

« Je compte vraiment pour lui », se dit-elle, utilisant la méthode Coué pour tenter de s'en persuader.

Au moment de partir, elle éprouva l'envie de prolonger son séjour dans cette chambre résolument masculine. Celle-ci était sobre et plutôt austère, avec son lit et son armoire de bois sculpté. Pas de tapis sur le parquet ciré, pas de tableau sur les murs. Dans un coin de la pièce se tenait un bureau muni d'une écritoire. Ainsi, il arrivait à Diego d'écrire des lettres avant de se mettre au lit. Elle s'approcha. Dans un cadre doré, la photo d'un couple de personnes âgées trônait en pleine lumière. Lisa s'en empara afin de pouvoir les contempler tout à loisir. Il devait s'agir des parents de Diego. Caressant la vitre de son doigt, Lisa se demanda si, un jour, elle aurait l'occasion de les rencontrer.

« Il est des femmes qu'un homme est fier de présenter à sa mère. Tu n'en fais pas partie. »

Les mots cruels prononcés par Diego résonnaient encore à ses oreilles. Ils lui faisaient mal, très mal.

Mais il les avait prononcés avant la folle nuit d'amour qu'ils venaient de vivre.

Au cours de cette nuit, ils s'étaient sans conteste retrouvés. Ils s'aimaient. Tout allait redevenir comme avant.

En reposant le cadre sur le secrétaire, Lisa en aperçut un autre, plus petit, invisible jusqu'alors car dans l'ombre. La curiosité poussa Lisa à s'en emparer afin de pouvoir le contempler dans la lumière.

Le cadre faillit lui échapper des mains. Le visage radieux qui lui souriait sur la photo n'était autre que celui de la créature de rêve accrochée au bras de Diego, à Marbella, cinq ans plus tôt !

Lisa reposa le cadre sur le bureau comme s'il lui brûlait les doigts et porta les mains à son cœur. Jamais elle n'avait pu oublier ce visage. Que faisait la photo de cette femme dans la chambre de Diego, exposée à côté de celle de ses parents ?

La nausée au bord des lèvres, elle recula d'un pas. La présence de cette photo ne pouvait signifier qu'une chose : Diego avait épousé la splendide jeune femme brune. Il n'aurait pas conservé sa photo si elle n'avait été qu'un flirt de vacances sans importance.

Elle faisait partie de sa famille proche. Elle était sa femme, cela ne faisait aucun doute. Voilà pourquoi il avait tenu à la conduire dans ce coin retiré, coupé du monde, peu visité par ses parents. Là, il pouvait en toute liberté tromper sa femme, sans avoir à craindre l'opprobre.

Cette pensée terrifia Lisa. S'était-elle donc trompée, une fois encore ? Survivrait-elle à cette nouvelle humiliation ?

Il avait de toute évidence l'habitude de collectionner les conquêtes féminines. Ce monastère retiré du monde lui servait de refuge pour abriter ses turpitudes.

Elle étouffa le cri de souffrance qui lui venait aux lèvres. Seigneur, pourquoi n'avait-elle pas pris soin, à Londres, de lui demander s'il était marié ?

Elle sortit de la chambre en faisant claquer la porte derrière elle. Elle se proposait de remédier sur-le-champ à cet oubli. A Marbella, elle avait tout mis en œuvre pour le rejeter de sa vie sans lui demander d'explications. Cette fois, ce serait différent. Cette fois, il allait devoir s'expliquer !

9.

« Calme… Je dois rester calme à tout prix ! » pensa Lisa alors qu'elle parcourait les longs couloirs de l'ancien monastère, jusqu'à l'escalier majestueux reliant le premier étage au rez-de-chaussée.

Il existait certainement une explication à la présence de la photo de cette femme dans la chambre de Diego, même si elle n'en trouvait aucune.

Hélas, une chose était certaine. Elle aimait cet homme de toute son âme, de tout son cœur, même s'il se révélait être un infâme manipulateur capable des pires agissements.

Lisa laissa échapper un soupir à fendre l'âme. Certaines femmes sont, parfois, leurs pires ennemies. Elle aurait tellement voulu pouvoir se débarrasser à jamais de cet amour qui la tourmentait, la faisait atrocement souffrir, mais elle en était incapable.

Elle aurait pu épouser l'homme tranquille, rassurant, sans surprise qu'était Ben Clayton, et couler des jours paisibles jusqu'à la fin de sa vie. Au lieu de cela, elle s'était jetée dans les bras de Diego et, pour son plus grand malheur, avait goûté aux délices pernicieux de la passion, que plus jamais elle ne pourrait oublier.

Parvenue à l'escalier, elle fit une pause et prit appui contre la fenêtre. Elle allait devoir se montrer raisonnable, et ne pas tirer des conclusions hâtives qui pourraient se révéler infondées.

Elle avait conscience d'avoir pris beaucoup plus que la demi-heure accordée par Diego pour le rejoindre au petit déjeuner, mais elle ne pouvait se résoudre à descendre l'escalier, tant son appréhension de la confrontation à venir était grande.

C'est alors que, regardant par la fenêtre, elle aperçut une voiture de sport jaune vif garée dans la cour.

Diego avait un visiteur... Celui-ci ne pouvait plus mal tomber ! La confrontation souhaitée allait devoir être retardée.

Peut-être, finalement, était-ce une bonne chose. Cela lui laissait le temps de récupérer du choc de sa terrible découverte.

Lisa ne se sentait aucun appétit ce matin pour le petit déjeuner, généralement pris dans le salon attenant à la cuisine. En revanche, le délicieux café préparé par Rosa serait le bienvenu. Elle s'en servirait une tasse qu'elle boirait dans le patio, sous le figuier, son coin préféré.

Soudain, la pensée de se retrouver dans ce havre de paix, à l'écoute du doux roucoulement des tourterelles, à respirer à pleins poumons le parfum des fleurs environnantes, apaisa son tourment. Une fois encore, elle se persuada qu'il y avait une explication rassurante à la présence de cette maudite photo dans la chambre de Diego. Allons, elle n'avait plus dix-huit ans ! Elle avait mûri. Elle devait impérativement écouter les explications de l'être aimé et ne pas tirer de conclusions à l'emporte-pièce, comme elle l'avait fait cinq ans auparavant !

Ce fut la dernière pensée raisonnable qui lui vint à l'esprit avant de pousser les lourds vantaux de la porte donnant sur le patio.

Les explications de Diego au sujet de la photo exposée sur son secrétaire devinrent soudain inutiles. Car, sous le figuier, à sa place de prédilection, se trouvait assise la femme du portrait, en chair et en os. Mais cette fois, aucun sourire n'éclairait son beau visage. Un torrent de larmes ruisselait sur ses joues.

Assis en face d'elle, étreignant ses mains, se tenait Diego. Il lui parlait. A la distance où elle se trouvait, Lisa ne pouvait comprendre ses paroles, mais les intonations de sa voix lui parvenaient, douces, tendres et apaisantes.

Ce qu'il lui disait, toutefois, dut mettre en colère la visiteuse, car elle se dressa soudain sur ses pieds, criant des mots en espagnol, au bord de l'hystérie. Cela se passa si rapidement que Lisa, en état de choc, ne put qu'assister, impuissante, à la scène. Le seul mot qu'elle parvint à capter fut « *perfidia* » ! N'était-ce pas le mot qui lui était venu à l'esprit, quand, cinq ans auparavant, elle l'avait aperçue, accrochée au bras de Diego ?

Son cœur faillit s'arrêter de battre quand Diego se dressa à son tour sur ses pieds pour reprendre ses mains dans les siennes et tenter de la raisonner. La visiteuse se jeta alors dans ses bras et il la serra contre lui, caressant ses cheveux et lui parlant tendrement, l'entraînant avec lui vers l'autre porte de la maison.

Comme ils disparaissaient à sa vue, Lisa mordit dans son poing serré afin d'éviter de crier.

Ce qu'elle venait de voir de ses propres yeux ne laissait, hélas, aucun doute sur les relations intimes qui unissaient ces deux-là.

La créature de rêve aperçue à Marbella faisait à l'évidence partie de la vie intime de Diego. Il n'était désormais plus permis d'avoir aucun doute à ce sujet. Elle était sa femme.

Cette pensée la rendit malade de dégoût.

La seule solution pour en avoir la confirmation était de les confronter. Ils allaient devoir répondre à ses questions.

Mais comment retrouver l'usage de ses jambes après un pareil choc ? Elle restait clouée sur place, prostrée. Elle tenta alors désespérément de se persuader qu'il restait un espoir. Il s'agissait d'un simple malentendu, d'une de ces situations qui, en surface, paraissent dramatiques mais qui, finalement, s'avèrent d'une parfaite banalité.

Après la magie de la nuit précédente, il ne pouvait en être autrement.

« Cesse de te tourmenter comme tu le fais, s'admonesta-t-elle. Fais confiance à celui que tu aimes et demande-lui de s'expliquer ! »

Tremblant de tout son corps, Lisa se retrouva dans le hall. D'ordinaire fort imposant, le lieu la glaça jusqu'aux os. Il y régnait un silence impressionnant. C'était comme si ces pierres qui, autrefois, avaient abrité la prière et le recueillement la jugeaient aujourd'hui. Elle était la maîtresse indésirable. Celle qui faisait souffrir et pleurer l'épouse légitime. Elle n'avait rien à faire dans ces murs !

Rechercher Diego et la ravissante créature pour les confronter lui sembla alors au-dessus de ses forces. Le courage lui manquait.

Si son hypothèse se trouvait confirmée, elle ne le supporterait pas. Pas après ce qui s'était passé entre eux la nuit précédente ! Ne s'était-il pas comporté avec elle comme si elle était la femme la plus belle, la plus désirée, la plus aimée au monde ? Il y a une limite à ce qu'un être humain peut endurer. Et de toute évidence, elle l'avait atteinte.

Prise dans la tourmente de ses pensées, elle faillit hurler quand Rosa apparut soudain devant elle. Lisa put lire la consternation et la réprobation dans les yeux de la domestique. Le sourire arboré quotidiennement avait disparu de ses lèvres.

— Vous pas déranger *señor* Diego. Lui demander apporter eux le café et le cognac puis les laisser.

Rosa faisait un terrible effort pour trouver ses mots, dans un anglais laborieux qu'elle était loin de maîtriser.

— Vous partir. Etre très mauvais quand gentille Isabella trouve mari avec autre femme. Beaucoup malheur. *Señor* Diego besoin d'être… *privado*. Vous partir !

Partir ! Rosa avait raison, c'était la seule solution qui lui restait. Partir, quitter ce lieu dans lequel elle n'avait rien à faire, dans lequel, jamais, elle n'aurait dû se trouver.

Le cœur brisé à jamais, Lisa rassembla ce qui lui restait de forces pour grimper les marches de l'escalier menant à l'appartement qui lui avait été attribué.

Permettre à Diego de renouer avec elle avait été une lamentable erreur. Lui permettre, une fois encore, de l'humilier, méritait la peine capitale.

« Comment as-tu pu ne lui poser aucune question sur sa vie privée ? » se demanda-t-elle, rageuse, en refermant soigneusement la porte de sa chambre derrière elle.

Il était évident que, en cinq ans, son état civil s'était modifié. Elle aurait dû comprendre qu'un homme aussi séduisant que Diego Raffacani, ayant toutes les plus belles femmes à ses pieds, ne pouvait rester longtemps célibataire.

Isabella — comme l'appelait Rosa — avait de toute évidence appris la présence d'une maîtresse dans le refuge de son mari, cet endroit très peu visité par la famille, où il pouvait s'adonner à tous les plaisirs.

Quelqu'un avait dû l'avertir. Rosa, sans doute, par loyauté envers la famille. L'épouse trompée venait exiger des explications. Il n'était plus question, pour Lisa, de confronter le couple. Isabella avait suffisamment souffert sans qu'il soit nécessaire, en plus, de lui imposer cette épreuve.

Les jambes en coton, elle se dirigea vers son armoire. Il ne lui restait plus qu'à faire sa valise. Ce serait vite fait. Elle n'emporterait que les vêtements avec lesquels elle était venue.

Une terrible migraine lui vrillait les tempes, et elle devait faire un effort considérable sur elle-même pour ne pas s'effondrer en pleurs sur le lit.

Elle devait prendre garde à ne rien oublier, surtout pas sa carte de crédit et son passeport. Elle les retrouva dans la trousse rangée dans un des tiroirs de l'armoire. Elle utiliserait sa carte de crédit pour acheter le billet d'avion.

Manuel accepterait-il de la conduire à l'aéroport ? Certainement. Rosa n'avait-elle pas insisté pour qu'elle parte ? Elle ne serait que trop heureuse que son mari facilite le départ souhaité.

Elle rangea soigneusement son passeport et son porte-carte dans son sac à main et se préparait à fermer sa valise quand Diego entra brusquement dans la chambre.

Son visage était contracté. A l'évidence, sa femme l'avait sermonné. Il le méritait amplement.

Lisa tenta désespérément de lui dissimuler la peine éprouvée et poursuivit ce qu'elle avait entrepris.

— Que diable es-tu en train de faire, Lisa ? demanda-t-il, les sourcils en arcs de cercle.

— A ton avis ? C'est évident, non ? Je fais ma valise. Et surtout, ne t'avise pas, une fois encore, de rejeter la faute sur moi ! C'est entièrement ta faute si ta femme a découvert que tu la trompais.

Au comble de l'exaspération, elle laissa tomber son sac à main. Un objet s'en échappa et roula sous le lit.

— Dans sa grande sagesse, poursuivit-elle sans s'en préoccuper, Rosa m'a dit de partir. Elle a raison. Dans les circonstances actuelles, c'est la meilleure chose que je puisse faire.

Diego se pencha pour ramasser l'objet tombé à terre.

— Mais, enfin, de quoi parles-tu, Lisa ? Tu peux répéter, s'il te plaît ? Car je n'ai pas compris un mot de ton discours. Pourquoi diable Rosa t'a-t-elle dit de partir ? Et de quelle femme parles-tu ? Je n'ai pas de femme !

L'incompréhension, l'exaspération se lisaient dans son regard.

Lisa s'assit sur le lit, le dégoût au bord des lèvres. C'est donc ainsi qu'il allait le jouer : en niant tout en bloc !

Passé maître dans l'art du mensonge, il devait avoir réussi à persuader Isabella de retourner d'où elle venait, lui assurant qu'il n'y avait pas de maîtresse cachée dans son refuge. Il ne s'était retiré là que pour se détendre, communier avec la nature, ou toute autre faribole de ce genre.

— Inutile de mentir ! cria-t-elle, la rage au cœur. Je sais tout. Attends-moi ici, je reviens !

Sur ces mots, elle quitta la pièce pour se rendre dans celle où se trouvait le portrait accusateur. Ignorant ses instructions, Diego la suivit.

Qu'il la suive importait peu. Après tout, plus vite aurait lieu la confrontation, mieux ce serait !

Parvenue dans la chambre de Diego, elle se dirigea vers le secrétaire, s'empara du portrait de la ravissante brune et le brandit devant ses yeux.

— Ça…

Elle montra du doigt la photo.

— … c'est la femme que j'ai vue accrochée à ton bras, ce fameux soir, à Marbella, il y a cinq ans. Elle était littéralement soudée à toi. Même Sophie a trouvé que vous aviez l'air très amoureux.

Diego se tenait devant elle avec l'air de celui qui vient de recevoir un coup de massue sur la tête. Mais cela ne parut nullement l'impressionner.

— Et ce matin, au réveil, j'ai découvert la photo de cette femme, sur ton secrétaire, à côté de celle de tes parents. Comment as-tu osé me faire l'amour en présence du portrait de ta femme ?

Dans les jours et les nuits à venir, elle pleurerait sans doute toutes les larmes de son corps mais, en cet instant, une rage salutaire l'habitait, la rendant combative, l'empêchant de s'effondrer.

— Je partais à ta recherche, poursuivit-elle, afin que tu m'expliques la présence de cette photo dans ta chambre quand, brusquement, la femme du portrait m'est apparue en chair et en os, assise sous le figuier, dans le patio. Elle était en pleurs et toi… toi, tu la consolais, la prenais dans tes bras, la serrais contre toi, lui caressais les cheveux…

Les sanglots trop longtemps retenus menaçaient de l'étouffer. Elle eut toutes les peines du monde à poursuivre.

— C'est alors que Rosa est apparue. Tu lui avais commandé du café et du cognac. Elle m'a informée qu'Isabella pleurait car elle avait découvert que son mari la trompait. Elle m'a ordonné de partir.

A l'écoute de ces mots, tombant des lèvres adorables faites pour les baisers, Diego eut tout d'abord l'impression de naviguer en plein brouillard. Mais bientôt, un sourire d'intense satisfaction fleurit sur ses lèvres.

Transformée en une véritable virago, Lisa était en train de lui faire une crise de jalousie !

Cela ne pouvait signifier qu'une chose : il comptait à ses yeux.

Comme il s'emparait du portrait, il s'aperçut qu'il tenait toujours dans sa main l'objet ramassé par terre quelques instants plus tôt : la bague de fiançailles aperçue au doigt de Lisa, à Londres, lors de la cérémonie.

Il la lui tendit. Le rouge aux joues, Lisa s'en saisit. Ben lui avait demandé de garder le bijou en gage de l'amitié et de l'affection qui les unissaient. Sans lui attacher d'importance, elle l'avait glissé dans son sac.

Se maudissant de cette attitude dédaigneuse, elle la glissa machinalement à son doigt.

Diego sentit sa bouche s'assécher brusquement. Lisa venait de remettre à son doigt l'anneau d'engagement d'un autre homme ! Ce simple geste lui fit prendre brutalement conscience du danger toujours existant de la perdre, de la voir disparaître de nouveau de sa vie.

Impossible. Il ne laisserait pas cela se produire.

Les pièces du puzzle désormais en place, ils allaient enfin pouvoir s'expliquer. Car il s'agissait d'un sinistre malentendu.

Interprétant mal ce qu'elle avait vu, Lisa avait tous les droits d'être en rage.

Qu'elle était belle, dans sa colère !

Alors qu'elle se dirigeait vers la porte, sans doute avec l'intention de disparaître à jamais de sa vie, il la rattrapa et l'obligea à lui faire face.

Elle vibrait de rage contenue, à l'évidence prête à le gifler. Comme elle levait sa main vers son visage, il la captura dans la sienne puis, passant son bras autour de sa taille, il la souleva de terre, la déposa sur son lit et s'allongea auprès d'elle. Alors qu'elle tentait de se relever, il l'en empêcha.

— Tu n'as pas honte de me brutaliser ainsi, Diego Raffacani ?! vociféra-t-elle.

Sa bouche adorable n'était qu'à quelques centimètres de la sienne, sa poitrine se soulevait au rythme de sa respiration saccadée. Elle était vraiment ivre de rage.

Un torrent de tendresse le submergea. Elle avait mal, très mal. Mais son corps commençait à vibrer sous le sien, au souvenir, sans doute, de la nuit qu'ils avaient partagée dans ce lit. Lui-même sentait un désir fulgurant monter de ses reins et l'envahir tout entier. Elle était si belle, si vivante, si passionnée !

Ses doigts le démangeaient, impatients de s'occuper de ces minuscules boutons de nacre qui fermaient son chemisier, de se glisser sous la jupe fluide qui dansait si joliment autour d'elle quand elle marchait. Une fois encore, il voulait la faire sienne, comme il l'avait fait durant cette folle nuit sans se lasser.

Jamais plus elle ne devait disparaître de sa vie. Il la voulait à lui, pour toujours.

— Te brutaliser n'est pas ce que j'ai à l'esprit, Lisa..., affirma-t-il d'une voix rauque, tout en percevant le frisson qui la parcourait.

Il s'arrêta sur-le-champ, conscient qu'avant de lui faire

de nouveau l'amour, il lui devait quelques explications. Il s'éclaircit la voix et lança :

— Je crois avoir compris les raisons de ta colère et de ton attitude agressive...

Il lut la détresse dans son regard et dut faire un terrible effort sur lui-même pour ne pas la prendre dans ses bras et la bercer contre lui comme un enfant. Son évidente souffrance lui était insupportable.

— Isabella — la jeune femme que tu affirmes avoir vue accrochée à mon bras, à Marbella, et dont le portrait est exposé sur mon secrétaire — est ma sœur. Juste avant ton départ de Marbella, je voulais rencontrer tes amis. Durant cette fameuse soirée, j'avais l'intention de t'expliquer qui j'étais exactement et te présenter la seule personne de ma famille présente sur le sol espagnol à cette époque, mes parents étant allés rendre visite à des amis en Amérique du Sud.

Lisa battit frénétiquement des paupières, effarée. Avait-elle bien entendu ou ses oreilles lui jouaient-elles des tours ?

Elle chercha son regard. Il avait vraiment l'air sincère ! Mais l'apparente sincérité est un sport très pratiqué par les menteurs professionnels.

— Isabella est venue me rejoindre à Marbella, poursuivit-il. Elle a beaucoup insisté pour être à mes côtés lors de l'achat de la bague que je voulais t'offrir, ce soir-là. Si vraiment tu m'as vu en sa compagnie à ce moment-là, je comprends tout à fait que tu aies pu mal interpréter son attitude.

Il affronta son regard, priant ardemment le ciel pour que ses paroles chassent enfin la détresse de ses yeux.

— Ma sœur est une tragédienne de talent depuis sa plus tendre enfance. Elle aurait certainement pu obtenir un oscar au cinéma. Son frère adoré était tombé follement amoureux... C'était d'un romantisme ! Elle a manifesté son enthousiasme avec son exubérance habituelle.

Il vit ses lèvres trembler et ses yeux s'embuer de larmes.

— Et cette même exubérance l'a poussée à prendre le

volant, ce matin, aux premières lueurs de l'aube, pour fuir Séville et venir me rejoindre ici, affirmant qu'elle quittait définitivement César, son mari, qu'elle accuse d'avoir une liaison avec sa nouvelle assistante.

De son doigt, il essuya la larme qui roulait sur la joue de nacre.

— Ce qui, bien évidemment, est une absurdité totale. César — que je connais bien — est un avocat de renom, très attaché à sa femme et incapable de la tromper. Je l'ai immédiatement appelé. Il était fou d'inquiétude. Apparemment, une amie bien intentionnée a jugé bon d'informer Isabella que son mari — censé être resté au bureau — dînait en fait dans l'un des restaurants les plus prestigieux de Séville en compagnie de sa nouvelle assistante. Effectivement, César avait dîné, ce soir-là, dans ce restaurant. Mais avec un client important, afin de régler les derniers détails d'un dossier délicat. Son assistante était présente pour prendre des notes.

Lisa écoutait les mots qui coulaient, tel du miel, des lèvres tant aimées. Elle vivait un rêve éveillé. Elle se lova alors contre lui.

— Comment lui jeter la pierre, vu que j'ai moi-même tendance à me jeter sur des conclusions erronées ? fit-elle remarquer. Pardon d'avoir douté de toi, Diego, d'avoir pensé que tu étais un serveur uniquement occupé à séduire les riches et belles oisives de Marbella.

Elle se sentait honteuse des adjectifs dont elle l'avait alors abreuvé et, surtout, du comportement adopté par vengeance au bar de l'hôtel.

Seigneur, qu'avait-elle fait ?

Elle porta les mains à son cœur. Cinq ans auparavant, cet homme l'avait aimée, respectée, avait choisi une bague en compagnie de sa sœur afin de rendre leur engagement officiel. Et elle avait tout gâché, l'accusant des pires turpitudes sans lui laisser la moindre occasion de s'expliquer, de se disculper !

Elle l'avait humilié en public.

— Je t'en prie, Lisa, ne pleure pas…

Diego quitta le lit afin de prendre la boîte de mouchoirs en papier posée sur son secrétaire. Il lui en tendit un. Lisa essuya ses yeux et se moucha.

Elle était, en cet instant, l'image même de la désolation.

Diego sentit son cœur se dilater de compassion. Ne savait-il pas, très exactement, ce qu'elle ressentait ? Lui-même regrettait amèrement ce malentendu, et toutes les années perdues qui en avaient résulté.

Mais les regrets sont stériles. Il allait falloir oublier le passé afin de construire le présent et, surtout, l'avenir. Cela seul importait, désormais.

Une fois réglé le problème d'Isabella — il s'agissait d'organiser son retour à Séville en toute sécurité —, il prendrait tout le temps qu'il faudrait pour convaincre la femme qu'il aimait de l'épouser, d'être à lui pour la vie. Il le lui demanderait à genoux, si cela devait se révéler nécessaire. Mais d'ici là, il lui fallait comprendre…

Une chose continuait à l'intriguer. Pourquoi Rosa avait-elle conseillé à Lisa de partir ? Il n'était pas dans les habitudes de son personnel de se conduire ainsi avec les invités.

— Qu'a dit exactement Rosa ? Souviens-toi, Lisa…

Lisa était toujours immergée dans ses pensées, accablée par le terrible sentiment de culpabilité qu'elle éprouvait.

Comment avait-elle pu douter de cet homme d'honneur ? Non seulement cinq ans plus tôt, mais également ce matin même ?

Diego Raffacani était un homme fier, mais aussi un gentleman. Comment avait-elle pu imaginer qu'il était un vulgaire gigolo et un mari infidèle ?

La nuit d'avant, il s'était comporté avec elle comme si elle lui était précieuse, comme si elle comptait réellement à ses yeux et dans son cœur. Quelle opinion avait-il d'elle, aujourd'hui ? Peut-on envisager sérieusement de construire un avenir en compagnie d'une femme aux réactions aussi impulsives et irréfléchies ?

Il ne devait plus, désormais, éprouver pour elle que dégoût et mépris. Elle l'avait mérité, au fond. Il allait lui demander de quitter les lieux et de regagner Londres le plus rapidement possible.

— Tu ne te souviens plus ? insista Diego.

Lisa frissonna. Diego était en train de perdre patience. C'était normal, et elle ne pouvait lui en vouloir.

— Ce que m'a dit Rosa ? Si, bien sûr, je m'en souviens…

Elle lui répéta les mots prononcés par la domestique. Quand elle eut terminé, il prit ses mains dans les siennes et l'obligea à se lever.

— Rosa a des difficultés avec la langue anglaise, Lisa. Je lui avais demandé de nous servir un café et un cognac et de te transmettre l'information : Isabella et moi ne devions pas être dérangés. J'avais besoin de temps pour calmer ma sœur au bord de l'hystérie et appeler César. Pour elle, « partir » signifiait nous laisser seuls.

Lisa acquiesça d'un signe de tête. C'était donc aussi simple que ça ! Mais elle s'était empressée de tirer des conclusions erronées, contribuant ainsi à bâtir un mur d'incompréhension entre elle et l'être aimé.

Elle méritait amplement qu'il la repousse.

— Ça ira ? demanda Diego, regrettant pour la première fois l'habitude prise par sa sœur de se précipiter vers lui chaque fois qu'un problème surgissait.

Cette fois, il avait besoin qu'elle s'éloigne afin de convaincre Lisa de l'épouser.

— Sèche tes larmes, Lisa, et va tenir compagnie à Isabella. César est en route pour venir la chercher. Il se fait accompagner de l'un de ses clercs qui ramènera sa voiture à Séville. Il vaut mieux qu'elle ne conduise pas quand elle est dans cet état. Ma sœur est difficile à gérer. Soit elle est follement heureuse, soit elle est au bord du suicide. Mais c'est ma petite sœur et je l'adore.

« Quelle chance elle a ! » pensa Lisa.

Diego avança sa main vers son visage afin de repousser la mèche qui lui tombait sur le front. Ce faisant, il effleura sa joue du bout de ses doigts. Il ne sut comment il résista au désir de la prendre dans ses bras et de la serrer contre lui à l'étouffer. Mais s'il avait obéi à cette impulsion, il lui aurait fait l'amour et ce n'était pas le moment. Ils auraient tout le temps de se rattraper lorsqu'ils se retrouveraient enfin seuls.

Lisa avait espéré qu'il la prendrait dans ses bras et la serrerait contre lui. Tout, alors, aurait été oublié. Hélas, il ne le fit pas. Elle avait noté la légère crispation de sa bouche. Sa compagnie, en cet instant, devait lui être pénible…

La magie retrouvée la nuit dernière s'était envolée. Elle était perdue pour toujours, détruite par son manque de confiance en lui, par ses soupçons grotesques. Jamais un homme comme lui ne pourrait lui pardonner !

— En attendant l'arrivée de César, poursuivit Diego, nous pourrions tous trois prendre un bon petit déjeuner. Nous en avons besoin.

Il lui désigna la porte du doigt. Lisa quitta la pièce en s'efforçant de ne pas laisser deviner son abattement.

Les yeux rivés sur le léger balancement de ses hanches, Diego étouffa un gémissement de frustration. Il aurait tant aimé la conduire dans cette crique déserte, coupée du reste du monde ! Il lui aurait alors avoué qu'elle comptait à ses yeux plus que tout au monde et qu'il ne pouvait, désormais, plus envisager sa vie sans elle.

Ce n'était que partie remise.

Il allait la demander en mariage mais pas entre deux portes, à la sauvette. Il lui faudrait beaucoup plus que quelques minutes pour la convaincre d'accepter de l'épouser.

« J'attendrai de me retrouver seul avec elle », décida-t-il.

Une décision qu'il devait, plus tard, amèrement regretter.

10.

Ils trouvèrent Isabella sur la terrasse nonchalamment allongée sur une chaise longue. A leur approche, la jeune femme ouvrit les yeux et gémit.

— *Tengo mucha hambre !*

— Parle anglais, je t'en prie, Isabella ! Nous avons une invitée.

Capturant ses mains dans les siennes, il l'aida à se lever.

— Je te présente Lisa Pennington, dit-il. Elle nous arrive de Londres.

Lisa eut droit à une inspection en règle qui se termina par un sourire chaleureux. Il n'y avait plus aucune trace de la colère passée sur le beau visage de la visiteuse.

— *Hola*, Lisa ! *Lo siento*... Oh, pardon, j'oubliais, je dois parler anglais ! Ainsi, vous venez de ce pays où il n'y a jamais de soleil !

Passant son bras sous celui son frère, elle prit appui sur lui, son corps collé contre le sien, dans cette attitude de total abandon qui avait si profondément choqué Lisa cinq ans plus tôt, lui laissant croire que le couple entretenait des relations intimes.

— Quel cachottier tu fais, mon frère ! lança-t-elle, les yeux pétillants de malice. Ainsi, ce refuge n'est pas aussi monacal qu'il y paraît... Tu n'y es pas seul ! Tu y dissimules une très jolie jeune femme.

— Isabella, je...

— Comment avez-vous fait, Lisa, pour débaucher mon frère ? Racontez-moi. Diego est si austère ! C'est si bon de découvrir qu'il est finalement humain, comme nous tous ! Ainsi, il vous a enlevée et vous garde ici, loin du monde…

— Ne commence pas à bâtir tout un roman, je t'en prie, Isa ! Le père de Lisa est mon associé dans une toute nouvelle affaire. Tu viens de faire une longue route et tu dois avoir faim. Viens, passons à table.

Visiblement déçue, la belle Espagnole fit la moue.

— Il ne s'agit que d'une relation d'affaires ! Quel dommage…

Diego s'empressa de l'entraîner à sa suite vers le salon. Lisa les suivit, le cœur en miettes. A l'évidence, Diego l'excluait de sa vie amoureuse. Qu'avait-elle donc espéré, après les accusations dont elle l'avait abreuvé ? Atteint dans son honneur, dans sa fierté, jamais il ne pourrait lui pardonner.

Ce matin, elle s'était réveillée avec le fol espoir que tout redeviendrait entre eux comme avant. Mais, à l'évidence, le rêve s'était brisé. Il n'y aurait pas de journée passée dans la crique isolée, coupée du reste du monde, comme Diego l'avait annoncé.

Il n'y aurait plus de nuits d'amour.

Il n'y aurait même pas de discussion au cours de laquelle elle pourrait lui avouer ce qu'il incarnait pour elle.

Ses épaules se voûtèrent, et l'ardent soleil d'Espagne ne parvint pas à faire fondre la gangue de glace qui enserrait son cœur.

Ils prirent tous trois place autour de la table dressée par Rosa, qui leur avait préparé un plantureux et appétissant petit déjeuner avec œufs brouillés, tomates, champignons, jambon et fromage « pour faire plaisir à la *señora* Isabella ».

— Je meurs de faim ! déclara cette dernière en se jetant littéralement sur la nourriture. Je n'ai rien pu avaler depuis cette fausse nouvelle sur l'infidélité de mon cher César !

Comment ai-je pu croire un seul instant qu'il me trompait ? Il doit être furieux !

La chose ne semblait guère la préoccuper. En tout cas, elle ne lui coupait pas l'appétit. En quelques secondes, elle avait ingurgité une pleine assiettée d'œufs brouillés. Lisa s'empara machinalement d'un pain au lait qu'elle tourna et retourna entre ses doigts sans même penser à le porter à sa bouche. Diego ne semblait pas éprouver plus de goût pour la nourriture. Il coupa une tomate dans son assiette, qu'il regarda pensivement. En revanche, il but plusieurs tasses de café.

« Isabella n'est pour rien dans ce qui m'arrive, pensa Lisa. Je dois impérativement faire un effort pour participer à la conversation… »

— A quelle heure doit arriver votre mari, Isabella ?

Jusqu'à l'arrivée de ce dernier, Diego se montrerait sans doute conciliant, réservant la confrontation finale pour le moment où ils se retrouveraient seuls. C'est alors seulement qu'il lui demanderait de partir.

— Sans doute en milieu d'après-midi, répondit-elle, mordant à pleines dents dans un sandwich au jambon. Qu'en penses-tu, Diego ?

— Il sera là avant. César a hâte de te retrouver.

Diego réprimait à grand-peine son impatience. Il espérait que son beau-frère arriverait le plus vite possible ! L'espace d'un instant, il avait même envisagé de ramener lui-même Isabella à Séville. Au moins, cela l'aurait occupé. Se tenir, assis, face à Lisa, sans pouvoir la toucher, la caresser, s'avérait une rude épreuve pour ses nerfs à vif. Il évitait soigneusement de la regarder, car chaque fois qu'il le faisait, il devait lutter contre l'envie de la prendre dans ses bras, de la serrer contre lui, de la supplier d'accepter de devenir sa femme. S'il avait raccompagné Isabella à Séville, Lisa aurait fait partie du voyage. Cela lui aurait ôté toute envie de s'enfuir, comme elle s'apprêtait à le faire quelques instants plus tôt.

Il se leva, repoussant sa chaise d'un geste brusque. Isabella arqua ses sourcils.

— Tu es de mauvaise humeur, n'est-ce pas ? Je sais. Comme d'habitude, je te cause bien des soucis !

Elle le gratifia d'un sourire si enjôleur qu'il était bien impossible de ne pas tomber sous son charme.

— Si Lisa et toi devez avoir une réunion de travail, ne vous gênez pas pour moi, assura-t-elle. Je fermerai mes oreilles à tout ce que vous direz.

— Ma discussion avec Lisa peut attendre, rétorqua Diego d'un ton rogue.

L'idée d'aller s'enfermer avec Lisa dans son bureau était certes tentante, mais il ne faisait aucune confiance à sa sœur. Cette dernière pouvait surgir au moment le plus inopportun. Non, il ne pouvait décemment risquer cela… Il allait devoir maîtriser son impatience.

— Je vais demander à Rosa de nous servir du café dans le patio, dit-il. Allez-y, toutes les deux. Je vous rejoins dans un instant.

Tandis qu'il quittait la pièce, Lisa le suivit des yeux. Il avait vraiment fière allure. Elle l'aimait plus que tout au monde, mais son beau rêve venait de s'achever. Des larmes perlèrent à ses paupières. Elle devinait sans peine le thème de la discussion à venir lorsqu'ils se retrouveraient seuls.

Accepterait-il ses excuses ? Probablement. Avec une courtoisie froide et détachée. Mais toutes les excuses du monde ne pourraient lui faire oublier ses ignobles soupçons. Le mal était fait. La manière dont il se comportait avec elle, évitant soigneusement de la regarder, en était la preuve flagrante.

— J'ai vraiment trop mangé ! reconnut Isabella en tapotant son estomac. Allez, venez, Lisa, obéissons à mon frère et allons nous installer dans le patio. C'est vraiment l'endroit que je préfère.

Glissant son bras sous le sien, elle l'entraîna à sa suite.

« En toute autre circonstance, pensa Lisa, elle aurait pu devenir mon amie… »

Comme elles passaient devant la fontaine, Isabella s'arrêta pour plonger sa main dans l'eau fraîche.

— Je supplie Diego de faire construire une piscine. Au moins, cela nous donnerait une occupation, dans cet endroit isolé de tout ! Mais il s'entête à refuser, prétextant qu'une construction aussi moderne ne s'harmoniserait pas avec l'environnement.

Lisa sourit.

— Je suis d'accord avec lui, Isabella. Ce lieu dégage une sorte de magie. Il est hors du temps, éternel. Tout aménagement trop moderne en romprait le charme.

Isabella lui lança un regard en biais.

— Il semble que vous ayez beaucoup de points communs avec mon frère, ma chère Lisa… Dieu merci, il n'est pas totalement réfractaire au modernisme. Il possède une magnifique villa avec piscine près de Jerez. Je suis surprise qu'il ne vous ait pas invitée là-bas ou dans un des hôtels luxueux gérés par notre famille. C'est là qu'il donne ses rendez-vous d'affaires, généralement. Mais il vous a invitée, ici, dans son refuge. Je me demande pourquoi.

Une lumière s'était allumée au fond des prunelles sombres de la jeune Espagnole, comme si elle nourrissait soudain quelques doutes quant aux vraies raisons de la présence de cette « partenaire financière » dans l'ancien monastère.

Lisa resta de marbre. Si Diego souhaitait garder leur relation secrète, elle ne devait pas le trahir, d'autant plus que cette relation était sur le point de se terminer.

Désormais haut dans le ciel, le soleil dardait ses rayons de feu. La chaleur devenait étouffante. Lisa se massa les tempes. La migraine, depuis le matin, ne faisait qu'empirer.

— Oh ! s'exclama Isabella qui ne la quittait pas du regard. Vous… vous êtes fiancée ! Vous allez vous marier !

Lisa crut percevoir une réelle déception dans sa voix.

S'emparant impulsivement de sa main, la belle Espagnole contempla la bague offerte par Ben pour leurs fiançailles.

Lisa se mordit la lèvre. Pourquoi avait-elle remis cette bague à son doigt ? Pour ne pas la laisser à l'abandon au fond de son sac ? C'était absurde ! Evidemment, la bague n'avait rien à voir avec celle, somptueuse, que portait Isabella, associée à son anneau de mariage serti de diamants.

— Quand est programmé le grand jour ? s'enquit-elle. Bientôt, je suppose. Vous épousez un Anglais, bien entendu. Ou peut-être quelqu'un que je connais...

Assommée par les questions qui pleuvaient sur elle, Lisa porta de nouveau ses doigts à ses tempes sans répondre. Mais il en fallait beaucoup plus pour décourager Isabella.

— Allez, Lisa, dites-le-moi... Quand va avoir lieu le mariage ? Bientôt ?

— Oui ! dit-elle d'un ton ferme et définitif.

Dire non aurait nécessité qu'elle explique pourquoi elle portait à son doigt une bague de fiançailles, alors que celles-ci étaient rompues. Elle n'avait nulle envie d'expliquer la chose à qui que ce soit.

— Mets-toi à l'ombre, Lisa ! Tout le monde sait que le soleil est terriblement agressif, à cette heure de la journée.

L'ordre de Diego claqua comme un coup de fouet dans son dos. Si le soleil était agressif, lui-même semblait l'être plus encore. Avait-il entendu son stupide mensonge ? Probablement. Lisa se mordit la lèvre. Elle lui expliquerait plus tard. Se retournant, elle chercha son regard, mais il avait pris le bras d'Isabella et la conduisait vers la table sur laquelle Rosa venait de déposer un plateau avec des tasses de café.

S'il avait entendu son affirmation, elle ne semblait pas l'avoir affecté outre mesure. Parfaitement détendu, il plaisantait avec sa sœur.

« Je peux épouser le diable en personne si tel est mon désir, pensa Lisa, il s'en fiche comme d'une guigne... »

Quelle humiliation pour elle !

*
* *

Diego s'obligeait à sourire et à plaisanter avec sa sœur, jouant les décontractés alors qu'il ne l'était nullement. Son cœur saignait après ce qu'il venait d'entendre. Ainsi, non seulement elle avait gardé la bague offerte par Ben Clayton, mais il était toujours dans ses intentions de l'épouser.

Impossible ! Il s'y opposerait par tous les moyens !

Et s'il avait mal entendu ?

La folle nuit d'amour empreinte de magie et de passion, vécue quelques heures seulement plus tôt, ne pouvait être le fruit de son imagination.

Lisa ne pouvait avoir partagé avec lui cette nuit féerique en étant amoureuse d'un autre homme.

Elle ne pouvait être ce type de femme.

A moins que…

La pensée qui venait de s'insinuer sournoisement dans son esprit glaça son sang dans ses veines : à moins que tout cela ne fasse partie d'un plan fomenté par les deux protagonistes.

Confrontés à la faillite de l'entreprise familiale, à l'humiliation de savoir leurs parents couverts de dettes, sur le point de perdre leur emploi et leur futur héritage, Lisa et Ben pouvaient avoir envisagé de profiter de sa proposition. Il imaginait sans peine les paroles de Clayton : « Fais ça pour nous, Lisa ! Fais-le pour notre avenir. Fais ce qu'il te demande afin que *Lifestyle* renaisse de ses cendres. Et lorsque son appétit sera assouvi, nous pourrons enfin nous marier. »

Non, non, impossible !

Ces soupçons étaient indignes de lui. Lisa avait imaginé qu'Isabella était sa femme. Il pouvait le comprendre. L'attitude de sa sœur, les paroles ambiguës de Rosa, le portrait sur son secrétaire, la scène à laquelle elle avait assisté à Marbella, tout s'était ligué pour que son interprétation soit faussée.

Mais lui, Diego, avait vu de ses propres yeux Lisa embrasser Clayton à pleine bouche. Aujourd'hui encore, le souvenir de cette scène lui nouait le ventre.

Toutefois, Lisa n'avait jamais partagé le lit de Clayton. Il en avait la preuve formelle. Lisa était vierge lorsqu'il l'avait faite sienne.

Il ne savait plus que penser. Ange ou démon, qui était vraiment la femme qu'il aimait ? Sa rage, son désespoir, en croyant découvrir qu'il était marié, lui avaient semblé sincères. Si, en compagnie de Clayton, elle avait fomenté le projet sordide de profiter pleinement de sa proposition financière, le fait qu'il ait rempli sa part du marché aurait dû la satisfaire.

S'il ne pouvait, très vite, se retirer avec elle dans un endroit isolé, il allait devenir fou ! Il devait impérativement découvrir quels sentiments elle éprouvait pour lui.

Il garda ses yeux fixés sur elle plus longtemps qu'il ne le voulait. Elle avait bu avidement l'eau fraîche apportée par Rosa. Elle avait semblé souffrir de l'intensité du soleil de cette fin de matinée. Par bonheur, elle paraissait aller mieux.

Il l'aimait si fort ! Il l'adorait, même. Son cœur battait la chamade dès que ses yeux se posaient sur elle. Elle occupait toutes ses pensées.

En cet instant, avec beaucoup de patience, elle écoutait Isabella décrire avec enthousiasme les merveilles de Séville, ses boutiques de luxe, ses fabuleux restaurants, sa vie nocturne, le Giraldo, le Maria Luisa Park, et posait des questions chaque fois que son interlocutrice lui en laissait l'occasion.

Cela pouvait durer des heures encore. Il était temps d'interrompre Isabella, de s'excuser auprès d'elle et d'emmener Lisa dans un endroit isolé où personne ne pourrait les déranger, dans cette merveilleuse petite crique isolée du reste du monde, par exemple. Isabella pouvait attendre, seule, l'arrivée de son mari.

Lisa percevait le regard de Diego fixé sur elle. Elle devait faire un terrible effort sur elle-même pour se concentrer sur le discours volubile d'Isabella. Cette dernière se montrait totalement inconsciente de l'extrême tension qui régnait entre son frère et son « invitée ».

Diego s'apprêtait à se lever quand Rosa fit brusquement irruption dans le patio, le téléphone à la main.

— Pour vous, *señorita* ! annonça-t-elle, en tendant l'appareil à Lisa.

— Pour moi ?

Un étau de glace enserra le cœur de Lisa. Elle avait insisté auprès de Diego pour qu'il laisse un numéro de téléphone à son père, tout en étant certaine que ce dernier ne l'utiliserait jamais. En ce qui le concernait, moins il voyait sa fille, mieux il se portait.

Elle prit le combiné d'une main tremblante. Avait-il eu un accident ? L'atroce migraine — qui s'était calmée sous l'ombre bienfaisante du figuier — revint à l'assaut.

Elle donna son nom et, aussitôt, entendit la voix de Sophie, vibrante d'angoisse au bout du fil.

— Ben a eu un accident de voiture. Il a été transporté à l'hôpital. Il est en salle d'opération. La dernière chose qu'il ait dite avant d'entrer est : « Je veux parler à Lisa. » Tu as intérêt à quitter sur-le-champ ce que tu es en train de faire là-bas…

Lisa perçut très distinctement le mépris et le dégoût dans la voix de celle qui avait été sa meilleure amie.

— … et à venir ici. Tu lui dois au moins ça ! Il n'est pas certain qu'on puisse le sauver. Il peut mourir d'un instant à l'autre. A qui la faute si mon frère — d'ordinaire si prudent au volant — a fait preuve d'inattention ? Pose-toi la question, Lisa, toi qui as osé annuler vos fiançailles !

En état de choc, Lisa se trouva dans l'incapacité de répondre. Ben, son ami de toujours, Ben, qui veillait sur elle depuis sa plus tendre enfance, Ben était en train de mourir.

Sophie lui communiqua le nom et l'adresse de l'hôpital avant de lancer :

— Dis quelque chose ! Dis, au moins, que tu es désolée !

Lisa se reprit.

— Dis-lui que j'arrive, que je prends le premier avion en partance pour Londres. Dis-lui...

Sa voix se brisa.

— ... de m'attendre.

Ben ne pouvait pas, ne devait pas mourir ! C'était son ami, son frère !

Elle se leva brusquement, le combiné s'échappant de sa main. Isabella la regardait, effarée.

— Excusez-moi. Je dois partir, rentrer à Londres. Immédiatement.

Elle chercha le regard de Diego, vit qu'il s'était emparé du téléphone et parlait avec Sophie. Elle s'enfuit vers sa chambre.

Là, elle s'assit sur le lit, comprimant de ses mains les mouvements désordonnés de son cœur.

Quelqu'un allait devoir la conduire à l'aéroport mais, surtout, elle allait devoir prendre congé de Diego, lui expliquer ce qui se passait.

Inutile... Ayant parlé à Sophie, il devait être au courant.

Il n'y aurait aucun problème. Etant donné son attitude durant ces dernières heures, il l'aurait renvoyée à Londres, de toute façon.

L'annonce de l'accident survenu à Ben ne faisait qu'accélérer les choses.

Elle allait quitter Diego pour toujours ! L'idée lui brisait le cœur. Ses ignobles soupçons l'avaient séparée de lui à jamais. Tandis qu'elle fermait sa valise, les larmes, trop longtemps contenues, ruisselèrent sur ses joues.

Elle aurait tellement voulu avoir le temps de s'excuser, de lui dire combien elle regrettait de l'avoir soupçonné à tort...

Cinq ans auparavant, il avait acheté une bague symbolisant son attachement pour elle. Ce soir-là, il voulait s'engager à ses côtés pour la vie.

Elle éclata en sanglots convulsifs au moment même où Diego pénétrait dans la chambre. Son cœur s'emballa. Il avait l'air tendu. Les traits de son beau visage étaient crispés, ses épaules rigides.

Elle l'avait perdu à tout jamais.

Un sanglot l'étouffa avant qu'elle puisse lui dire combien elle regrettait de ne pas lui avoir fait confiance.

— Je suis désolé pour la triste nouvelle, déclara-t-il en restant devant elle, immobile, les bras le long du corps. Tu dois être très inquiète.

Sa compassion accrut encore son désespoir. La culpabilité la terrassait. Comment pouvait-elle se montrer aussi égocentrique, s'apitoyant sur son sort, alors que son ami se mourait ?

— Oui, je suis très inquiète…, murmura-t-elle dans un souffle.

— Tu l'aimes ?

— Oui.

Le cœur en miettes, Diego détourna son regard de ses larmes.

Combien de temps encore aurait-elle pu jouer la comédie ? se demanda-t-il, amer.

Comment avait-elle pu rester dans son lit alors que, dans une crise de bonne conscience, il lui avait annoncé qu'elle était libre de partir ?

Combien de temps encore aurait-elle triché si son complice — l'homme qu'elle venait d'admettre aimer — ne l'avait rappelée auprès de lui ?

La vue des larmes qu'elle versait pour l'être aimé lui était insupportable. Il se dirigea vers la porte. Comme il l'atteignait, il se retourna.

— Manuel va te conduire à l'aéroport, annonça-t-il. Dès que tu seras prête, descends dans le hall. Il t'y attendra.

11.

Arrivée à l'aéroport, Lisa eut la chance de trouver un vol en partance immédiate pour Londres, mais le voyage sembla durer une éternité. Peut-être allait-elle arriver trop tard !

Lorsque le taxi la déposa enfin devant la porte de l'hôpital, elle marcha vers l'entrée, tirant sa valise à roulettes derrière elle, les jambes en coton.

La nuit tombait. Allait-on lui permettre de voir Ben ou d'avoir des nouvelles de son état, alors qu'elle n'était pas un membre de sa famille ?

Diego aurait sans doute obtenu les informations nécessaires. Il possédait un charisme et une autorité naturels.

Assez ! Comment pouvait-elle penser à Diego alors que Ben était peut-être en train de mourir ?

Comme elle se préparait à franchir les battants de la porte principale, la famille Clayton — Honor, Arthur et Sophie — en sortit.

Le cœur de Lisa bondit dans sa poitrine.

Depuis l'appel téléphonique de Sophie, sa terrible accusation tournait dans l'esprit de Lisa tel un maelström. Pour Sophie, cela ne faisait aucun doute : son frère, d'habitude si prudent au volant, perturbé par la rupture de leurs fiançailles, avait perdu le contrôle de son véhicule. Les autres membres de la famille devaient penser la même chose. L'heure était venue de les affronter.

Tandis qu'ils s'avançaient vers elle, elle carra ses épaules, mais la vue des yeux rougis et cernés d'Honor et du teint blême de Sophie remplit son cœur de compassion.

— Comment va-t-il ? demanda-t-elle, terrifiée à l'idée d'apprendre le pire.

Ce fut Arthur qui, le premier, prit la parole.

— Dieu soit loué, l'opération s'est bien passée. Ben boitera sans doute légèrement, mais sa jambe est sauvée.

Sa voix était tendue et ses épaules voûtées.

— Il... il vous a parlé ? demanda Lisa d'une voix blanche.

— Non, il n'était pas en mesure de le faire, intervint Honor. Il s'est réveillé de l'anesthésie, mais s'est rendormi. Nous n'avons eu l'autorisation de passer que quelques minutes à son chevet.

Elle semblait avoir vieilli de dix ans depuis la dernière fois que Lisa l'avait vue, lors de la soirée donnée en l'honneur des fiançailles de son fils.

— Demain, poursuivit-elle, si tout va bien, nous pourrons rester plus longtemps à ses côtés. C'est... c'est très gentil à toi, Lisa, d'être accourue aussi vite.

Les remerciements de la mère de Ben réchauffèrent le cœur de Lisa, mais une brusque rafale de vent la fit frissonner. Sa tenue n'était pas appropriée à la fraîcheur du printemps anglais. Elle aurait dû se vêtir plus chaudement, mais tout était allé si vite !

— Ne restons pas là, lança alors Honor, nous risquons d'attraper froid. Rentrons tous à la maison. Nous avons réussi à convaincre Sophie de venir passer quelques jours avec nous. Viens, toi aussi, Lisa. Ton ancienne chambre est prête à te recevoir.

Lisa chercha le regard de Sophie. Pouvait-elle décemment accepter l'invitation de la mère de Ben, alors que sa sœur l'accusait d'être la cause de son accident ?

— Viens avec nous, Lisa, je t'en prie ! supplia Sophie, un sanglot dans la voix.

— C'est… c'est ce que tu veux ?

— Oui.

Arthur s'empara de sa valise et posa une main sur son épaule.

— Regagnons la maison ! Il n'y a rien que nous puissions faire ici. Nous avons tous besoin d'un remontant.

Assise sur le lit, Lisa lança un regard autour d'elle. Après la mort prématurée de sa mère, durant toutes les vacances scolaires et pendant sa première année de travail pour *Lifestyle*, cette chambre chez les Clayton avait été la sienne.

Rien n'avait changé, ni le papier peint assorti au couvre-lit et aux rideaux, ni le tapis de laine blanche, ni la moquette bleu ciel.

Un an auparavant, dans un acte de rébellion et d'indépendance, Sophie et elle avaient loué un appartement loin du joug familial. Ben avait préféré rester dans le giron, pour « faire des économies ».

Lisa ouvrit sa valise pour y prendre sa trousse de toilette. Elle agissait comme un automate. Elle était si épuisée, si émotionnellement dévastée, qu'elle n'avait plus qu'un désir : se coucher, fermer les yeux et dormir.

La soirée avait été bien remplie. Arthur avait passé son temps au téléphone à rassurer ceux qui, inquiets, téléphonaient pour avoir des nouvelles. Lisa avait aidé Honor à préparer le repas, tandis que Sophie s'occupait des boissons fortes destinées à les réconforter.

La conversation, inévitablement, se focalisa sur l'accident arrivé à Ben.

— Apparemment, expliqua Arthur, il a doublé un camion dans un virage et percuté une camionnette arrivant en face. La police affirme que le choc aurait pu être bien plus grave encore s'il n'avait, au dernier moment, réussi à éviter le choc frontal. Le conducteur de la camionnette n'a que quelques contusions sans gravité. Personne ne comprend comment Ben, d'habitude si prudent, a pu faire preuve d'autant d'inattention.

Lisa chercha de nouveau le regard de Sophie. Elle connaissait son interprétation. Mais, murée dans son chagrin, la sœur de Ben garda le silence.

Après le repas pris autour de la table de la cuisine, Sophie repoussa sa chaise et se leva.

— Je vous prie de bien vouloir m'excuser. James doit être rentré du travail et attendre mon coup de fil. Il voulait se rendre à l'hôpital, mais je l'en ai dissuadé. J'ai promis de lui donner des nouvelles. Je vais l'appeler.

Lisa aida Honor à tout ranger, puis regagna sa chambre où elle se retrouva de nouveau seule avec ses pensées. En compagnie des autres, elle avait pu se concentrer sur Ben mais, de nouveau livrée à elle-même, son esprit se focalisa irrésistiblement sur Diego.

Que pensait-il d'elle ?

L'avait-il entendue annoncer son prochain mariage, en réaction impulsive et stupide au harcèlement continu d'Isabella ?

Avait-il mal interprété sa détresse au moment du départ ?

Ben était son meilleur ami, son frère. Il avait toujours été à ses côtés, surtout après la mort de sa mère. Elle lui était très attachée. Il était normal que l'annonce de son accident la bouleverse.

Les mots effroyables énoncés par Sophie au téléphone avaient, en plus, éveillé en elle un terrible sentiment de culpabilité. Se pouvait-il qu'elle soit la cause de l'inattention de Ben au moment de son accident ? Pourquoi avait-il doublé ce camion dans ce virage sans aucune visibilité, lui qui était d'ordinaire si précautionneux ?

Son départ pour Londres n'avait, finalement, été avancé que de quelques heures. Avant même l'appel téléphonique de

Sophie, Diego avait eu l'intention de la renvoyer en Angleterre, elle en était certaine. Après les ignobles accusations dont elle l'avait abreuvé, il ne devait plus désirer qu'une chose : qu'elle disparaisse à jamais de sa vie. Son départ précipité avait dû le soulager.

Des coups légers furent frappés à la porte.

— Je peux entrer ? demanda Sophie.

Lisa donna aussitôt son accord, et la sœur de Ben pénétra dans la pièce et prit impulsivement son amie dans ses bras.

— Je suis vraiment désolée, Lisa ! Ce que je t'ai dit au téléphone était détestable. Pourras-tu jamais me pardonner ?

— C'est déjà oublié, Sophie ! Tu étais bouleversée.

— J'étais bouleversée, brisée même, mais je n'avais pas le droit de te faire endosser la responsabilité de l'accident, à toi, ma meilleure amie.

Sa meilleure amie !

Les mots de Sophie firent l'effet d'un baume salvateur sur le cœur meurtri de Lisa, et elle répondit avec chaleur à l'étreinte de son amie. Puis toutes deux s'assirent sur le lit, leurs jambes repliées, comme elles le faisaient autrefois quand elles passaient la nuit à refaire le monde.

— A l'idée que mon frère jumeau puisse mourir, j'ai failli devenir folle de chagrin, confia Sophie. Quand mon père m'a chargée de demander au tien ton numéro de téléphone, de t'appeler pour t'informer que Ben souhaitait te parler, j'ai vu rouge. Tu te dorais au soleil d'Espagne au côté de ton bel hidalgo, alors que lui était entre la vie et la mort. C'était injuste, insupportable !

Sophie renifla bruyamment.

— Lorsque tu as rompu vos fiançailles, j'étais en rage. Comment pouvais-tu nous faire une chose pareille ? Ben et moi avions toujours été si proches de toi ! Mais après ton départ en Espagne, Ben m'a tout expliqué. Votre mariage n'aurait pas été un mariage d'amour. Il n'y avait aucune passion entre vous, juste une grande amitié.

Elle jouait avec son collier, les yeux baissés.

— Et toi, tu venais de retrouver l'homme que tu n'avais jamais cessé d'aimer.

Elle leva les yeux et implora son pardon du regard.

— J'aime passionnément James et je comprends ce que tu as dû ressentir.

— Cesse de te culpabiliser, Sophie, je t'en prie ! L'accident de Ben a été un terrible choc pour toi. Mais ton frère est solide. Il va s'en remettre, j'en suis certaine, et tout redeviendra comme avant.

Pour tous, sauf pour elle !

Cependant, elle était intensément soulagée d'avoir recouvré l'amitié de Sophie. Elle en avait tellement besoin…

— Es-tu heureuse auprès de ton bel Espagnol richissime, Lisa ? Nous pensions qu'il viendrait avec toi. Nous avions préparé la chambre d'amis. Maman voulait vous garder tous les deux ici.

Elle laissa échapper un soupir.

— Je suppose que tu courras le rejoindre dès que Ben sera hors de danger.

— Ne te fais pas de souci pour moi, Sophie. Parlons plutôt de toi et de James. Avez-vous enfin trouvé la maison de vos rêves ? Avez-vous toujours l'intention de vous marier cet été ?

Elle ne se sentait pas la force de raconter à son amie ce qui s'était passé entre elle et Diego. Plus tard, sans doute, elle le ferait, mais pas maintenant. La plaie était trop à vif.

Deux jours s'écoulèrent, interminables, avant que Ben puisse recevoir sa famille plus que quelques minutes. Au bout du troisième jour, il fut transféré de l'unité de soins intensifs dans une chambre individuelle. Ses parents et sa sœur purent alors passer quelques moments à son chevet et constater l'amélioration de son état.

L'atmosphère de la maison changea aussitôt. La tension baissa d'un cran. Lisa pouvait désormais lui rendre visite.

Honor et Sophie promirent que, pendant ce temps, elles prépareraient un repas de fête.

Le bonheur de Lisa, à l'idée de savoir Ben hors de danger, était immense. Elle s'approcha toutefois de son lit avec une certaine appréhension. Pourquoi avait-il demandé à lui parler au moment où il avait craint de mourir ?

— Tu sembles aller beaucoup mieux que je le pensais, mon cher Ben…

Se penchant, elle déposa un baiser sur sa joue et, sur la table de nuit, le bouquet de fleurs qu'elle avait acheté.

— Pourquoi m'apporter des fleurs, Lisa, alors que ta seule présence me comble de bonheur ?

Lisa s'empara d'une chaise et l'approcha du lit afin de prendre place à son côté. « Seigneur, pensa-t-elle, pourvu qu'il ne m'avoue pas être amoureux de moi ! » Quand il avait conclu — à juste titre — qu'elle en aimait un autre, il s'était comporté d'une manière particulièrement élégante.

Jamais elle n'avait voulu le faire souffrir.

S'il lui avait avoué être éperdument amoureux d'elle, elle n'aurait pas accepté de l'épouser.

— J'ai accouru à ton chevet dès que j'ai appris, pour l'accident, déclara-t-elle. Il paraît que tu as demandé à me voir quand tu pensais que tu allais mourir.

— Qui a pensé ça ? Pas moi ! Les autres ont pu gémir et pleurer, mais moi, j'ai toujours su que je m'en sortirais.

Il lui sourit.

— Mourir ? A mon âge ? Impossible ! Il me reste encore bien trop de choses à vivre. Finalement, je m'en tire avec seulement une jambe brisée et quelques contusions sans gravité. J'ai eu de la chance. Ils m'ont mis des plaques et des vis, et m'assurent que je remarcherai comme avant. Tu vois, tout va bien, mon heure n'était pas venue. Je voulais me procurer ton numéro de téléphone dès ton départ pour l'Espagne, mais nous avons tous été très occupés par la restructuration.

Il prit ses mains et les serra affectueusement dans les siennes.

— J'étais tellement inquiet pour toi, Lisa ! Je voulais savoir si tout allait bien, si Raffacani se comportait avec toi comme il le fallait. Je connaissais tes sentiments pour lui, mais j'ignorais tout des siens. Depuis ton départ, je me sentais mal à l'aise de ne pas t'avoir mieux protégée. Je culpabilisais.

Il déposa un baiser sur le bout de ses doigts.

— Tu vois, ma chère Lisa, durant toutes ces années, j'ai tellement eu l'habitude de te prendre sous mon aile que je ne peux arrêter brusquement. Je voulais te dire de ne pas avoir peur de revenir auprès de nous, si ton histoire tournait mal. J'exigerais alors que nos pères te redonnent un travail au sein de l'entreprise. Tu penses sans doute que tu ne serais pas la bienvenue… Tu te trompes. Certes, les employés ont été surpris que tu annules nos fiançailles, mais je leur ai expliqué pourquoi — sans mentionner le marché passé par Raffacani, bien entendu ! Nous sommes tous prêts à t'accueillir de nouveau parmi nous, quand tu le voudras.

— Merci, Ben, répondit Lisa, des larmes plein ses yeux. Tu es et resteras toujours mon meilleur ami.

Remarquant sa pâleur, elle se reprocha de l'avoir fait parler.

— Il est grand temps pour moi de partir, Ben. Tu es fatigué. Je te promets de revenir demain.

Elle se leva. Elle savait que, tout naturellement, il allait lui poser des questions sur sa relation avec Diego.

Ou plutôt sur le néant de sa relation.

Elle n'était pas prête pour cette épreuve.

Mais Ben s'empara de nouveau de sa main et la retint près de lui.

— Reste encore un peu, Lisa, je t'en supplie. Je m'ennuie tellement ! Ils ne viendront pas te demander de partir avant dix bonnes minutes.

Il avait l'air si éploré qu'elle n'eut pas le cœur de le quitter. Reprenant place sur la chaise, elle lança :

— Je reste à une condition : que tu passes ces dix minutes à m'expliquer pourquoi, tout à coup, tu as changé ta façon de conduire. Sophie et moi, nous nous moquions de ton excès de prudence au volant, et nous déplorions ta lenteur sur la route. Personne ne comprend pourquoi tu as doublé ce camion en plein virage, sans aucune visibilité.

Ben fit la grimace, comme un enfant pris en faute.

— Cela ne se reproduira plus, je te le promets. J'ai commis une impardonnable imprudence. J'avoue que ce jour-là j'avais la tête dans les nuages.

Ben, la tête dans les nuages ?

— Cela ne te ressemble pas, Ben… Toi le prosaïque qui a toujours les pieds sur terre !

— Je sais.

Ben venait de rougir jusqu'aux oreilles, ce qui n'était pas, non plus, dans son caractère.

— Lisa, il se passe une chose incroyable. Je suis amoureux ! Jamais je n'aurais pensé qu'une telle chose pouvait m'arriver ! Mais il a suffi d'un seul de ses regards pour que je tombe raide dingue de cette fille.

— Ben !

Lisa ressentit un si grand bonheur pour son ami que le premier vrai sourire, depuis des lustres, fleurit sur ses lèvres.

— Je suis si heureuse pour toi ! Comment s'appelle-t-elle ?

— Sarah Davis. Elle fait partie de l'équipe de choc mise en place par ton Raffacani pour sauver *Lifestyle*. Elle est responsable de la section jardinage du magazine. Nous nous sommes diversifiés. Le magazine ne traite plus seulement de la mode que nul ne peut s'offrir, ou de faits de société sans intérêt pour notre lectorat.

— Ressent-elle la même chose ?

Ben haussa les épaules, fataliste.

— Comment le saurais-je ? Quand j'ai enfin trouvé le courage d'inviter Sarah à dîner, mon invitation a paru lui faire plaisir. Nous devions dîner ensemble le soir même de l'accident. Voilà pourquoi je n'étais pas concentré sur la conduite. Je me demandais comment me comporter. Je n'ai aucune expérience dans le domaine. C'est alors que cette camionnette a brusquement surgi devant moi... Tu connais la suite. Je pensais qu'entre elle et moi tout était terminé quand, ce matin, ceci est arrivé...

De la tête, il indiqua une carte dépassant du tiroir de la table de chevet.

— Lis ce qu'elle m'a écrit, Lisa, et dis-moi ce que tu en penses et comment je dois le jouer.

Lisa fit comme ordonné.

— Sarah écrit que tu lui dois toujours un dîner, et qu'elle est prête à te rendre visite aussitôt que tu lui en donneras l'autorisation.

Elle se leva et mit la carte dans ses mains.

— Je pense que, entre elle et toi, ce n'est pas terminé, Ben. En fait, j'en suis certaine, cela ne fait que commencer...

Se penchant vers lui, elle déposa un baiser sur son front.

— Quant à savoir comment tu dois le jouer... Ne joue pas, Ben. Ecoute tout simplement ton cœur et fais ce qu'il te commande de faire.

Diego faisait les cent pas sur la terrasse. Le monastère, son refuge de toujours, ne parvenait plus à lui donner la sérénité ni à calmer son esprit torturé.

Il lui fallait impérativement agir pour ne pas devenir fou. Il avait conduit Lisa ici afin de guérir d'anciennes blessures, mais d'autres s'étaient ouvertes, si douloureuses qu'il ne pouvait plus dormir la nuit ni se reposer le jour.

Il avait essayé de la chasser de ses pensées, de sa vie. En vain. Il ne voulait ni regagner sa maison de Jerez, ni retourner à son travail, ni rester ici. Il ne désirait plus qu'une chose : retrouver Lisa et vivre auprès d'elle pour le restant de ses jours.

Il avait besoin de sa présence comme de l'air qu'on respire. Quelles que soient les fautes commises, il la voulait près de lui pour toujours. Pour cela, il allait devoir la convaincre de renoncer définitivement à Clayton. Ce dernier ne pouvait la rendre heureuse. Lui, en revanche, en était capable. Il y consacrerait toute son énergie pour le restant de ses jours.

Il allait devoir aller la chercher, lui démontrer qu'ils étaient faits l'un pour l'autre. C'était l'évidence même, depuis ce fameux jour où il l'avait relevée de sa chute, sur le sentier grimpant le long de la colline, à Marbella. Leurs yeux alors s'étaient rencontrés — un choc dont il ne s'était jamais remis.

Depuis ce jour, son cœur ne battait plus que pour elle. Il allait la retrouver et la ramener envers et contre tout.

Il allait prendre le premier avion en partance pour Londres.

12.

Au volant de la Seat rouge louée à l'aéroport, Lisa gravissait la route sinueuse conduisant au monastère. Plus elle approchait du but, plus son appréhension grandissait.

Cette décision prise à la hâte, sans vraiment réfléchir, était-elle la bonne ?

Oui, sans aucun doute. Elle était la seule qui donnerait un sens à sa vie.

Elle s'accrocha désespérément à cette certitude afin de ne pas rebrousser chemin à la première occasion offerte par la route étroite.

Une carte détaillée de la région se trouvait étalée sur le siège passager. Elle lui avait été surtout utile au moment de quitter l'aéroport. Depuis, elle semblait posséder un GPS interne pour retrouver le chemin conduisant à l'homme qu'elle aimait.

Tout en ralentissant afin de négocier un virage particulièrement dangereux, elle reconnut sans peine le panorama à couper le souffle qui s'offrait à ses yeux : les collines verdoyantes, les vallées encaissées, les villages aux maisons blanches entourées de vignes, de citronniers et d'oliviers. Et là-bas, au loin, la mer scintillant de mille feux au fond des golfes.

La route, bientôt, commença à descendre vers le monastère. Son estomac se noua, les muscles de ses épaules se crispèrent sous l'effet de la terrible tension grandissant à mesure que se rapprochait le moment de se retrouver face à Diego.

Plus que quelques kilomètres. Plus que quelques minutes.

Oui, elle avait pris la bonne décision !

Oui, elle accomplissait ce qui devait être accompli !

« Ecoute ton cœur et fais ce qu'il te commande de faire. »

Les mots lancés à Ben avant de le quitter trouvaient brusquement un écho en elle-même.

« Regagne l'Espagne, Lisa ! lui commandait son cœur. Rejoins Diego et avoue-lui ton amour. Tu aurais dû le faire depuis longtemps. Ne tarde plus. Fais-le maintenant. »

Son corps lui faisait mal, tant était grand son désir de retrouver celui de Diego, afin de ne faire plus qu'un avec lui.

Mais, au volant de la voiture louée, un semblant de raison lui revint avec la question qu'elle aurait dû se poser avant de quitter Londres : Diego était-il encore au monastère ?

Tout à coup, elle en doutait.

S'il ne s'y trouvait plus, Manuel et Rosa lui diraient où il se trouvait.

Elle s'accrocha à cette pensée rassurante.

Le couple devait toujours savoir où Diego se trouvait. Ils lui communiqueraient l'adresse de sa maison de Jerez et celle de son lieu de travail.

Une autre question vint perturber son esprit. Lors de cette nouvelle rencontre, quelle serait sa réaction ? La repousserait-il ? Lui dirait-il ne plus souhaiter que leurs chemins se croisent ?

Hélas, cette hypothèse n'était pas complètement à négliger.

Mais il s'agissait de leur avenir commun. Leur relation ne pouvait se terminer sans qu'ils puissent enfin s'expliquer.

Au moment de son terrible accident, Ben avait éprouvé le besoin de la revoir, de lui parler, de lui expliquer. Si les choses, pour elle, tournaient mal, elle pourrait revenir parmi eux. Elle y serait toujours la bienvenue.

A son tour, elle devait s'expliquer avec Diego.

Lorsqu'elle arrêta le moteur de la voiture dans la cour du monastère, des larmes embuaient ses yeux.

Tout d'abord, elle resta de longues minutes sans bouger, afin de permettre à son cœur de retrouver un rythme normal ; puis elle étira ses muscles endoloris, prit une profonde inspiration et quitta le véhicule pour se diriger vers la porte d'entrée.

Diego allait-il lui permettre de franchir de nouveau les portes de son refuge ? Accepterait-il de l'écouter ? Avait-elle, une fois de plus, commis une lamentable erreur en venant ainsi le relancer ?

« Ne sois pas défaitiste ! se dit-elle en guise d'encouragement. Qui ne tente rien n'a rien... »

— *Señorita* Lisa !

Les lourds vantaux de la porte de bois sculpté venaient de s'ouvrir sur Rosa. Un sourire chaleureux fleurit sur les lèvres de la domestique.

— Moi entendre voiture. Vous, rester ?

— Je ne sais pas. Je désire parler au *señor* Diego. Pouvez-vous l'informer de mon arrivée, s'il vous plaît ?

— Vous, entrer !

Rosa s'effaça pour la laisser passer.

— Moi, chercher Manuel. Lui parler anglais mieux.

Cela éviterait de nouveaux quiproquos, en effet. Lisa s'arma de patience et prit place dans le fauteuil installé sous la fenêtre à vitraux du hall.

Comme Manuel tardait à apparaître, elle se leva et fit les cent pas. Cette attente était une terrible épreuve pour ses nerfs à vif.

Manuel finit par se présenter devant elle, l'air embarrassé.

— Bonjour, *señorita*. Rosa m'a dit que vous aviez fait tout ce voyage depuis Londres pour parler au *señor* Diego. Je suis désolé. Il n'est pas là. Il est parti ce matin, avant même le lever du soleil.

— Oh…

Qu'avait-elle donc espéré ? Qu'il passerait le reste de sa vie dans ce refuge, à l'attendre ? Diego Raffacani avait des choses bien plus importantes à accomplir.

— Peut-être pouvez-vous me donner l'adresse où je peux le trouver.

Manuel sembla réfléchir puis lança, le sourire aux lèvres :

— Je vais faire mieux. Rosa vous prépare du café qu'elle vous servira dans le salon. Pendant ce temps, je vais passer quelques coups de fil. *Señor* Diego peut se trouver partout dans le monde. Il possède des affaires dans beaucoup de pays.

Dans un geste impulsif, Lisa retint Manuel par la manche.

— Je vous remercie pour le café. Je me suis levée tôt et je vais l'apprécier. Mais pourrais-je le prendre dans la cuisine, avec Rosa ?

Elle ne pouvait rester seule à ressasser l'idée que Diego se trouvait quelque part dans le monde, inaccessible.

— Mais certainement, *señorita* Lisa. Vous buvez tranquillement votre café et bavardez avec Rosa, pendant que je téléphone.

La cuisine était immense mais chaleureuse, avec ses jambons, ses tresses d'ail et ses piments pendus aux poutres du plafond.

Manuel échangea quelques mots en espagnol avec sa femme qui s'apprêtait à porter le plateau dans le salon.

— *Ciertamente !* répondit Rosa, en déposant aussitôt le plateau sur la table, près d'un vase contenant un bouquet de roses fraîchement cueillies. Nous tous prendre café ensemble, ajouta-t-elle, un sourire radieux sur les lèvres. S'il vous plaît, vous asseoir, *señorita* Lisa !

Le café préparé par Rosa parut à Lisa le meilleur du monde. Elle le sirota lentement, les yeux fermés, priant le ciel pour que Manuel puisse joindre Diego.

Le domestique passa plusieurs appels téléphoniques depuis l'appareil pendu au mur, puis vint prendre place à la table en face d'elle, l'air penaud.

— J'ai tout d'abord appelé le bureau du *señor* Diego. Il n'est pas au travail. Sa sœur ne l'a pas revu depuis son retour à Séville. Sa gouvernante a été la seule à pouvoir me communiquer une information. *Señor* Diego l'a appelée, lui demandant d'annuler le dîner prévu avec ses parents la semaine prochaine. Hélas, il n'a pas précisé où il allait ni la date de son retour.

C'était une autre de ces matinées idylliques sous le ciel andalou, mais Lisa n'était pas en mesure de l'apprécier.

Diego était quelque part dans le monde. Il avait repris le cours normal de sa vie, ne se souciant nullement d'elle. Il ne lui restait plus qu'à rentrer en Angleterre.

Quand, la veille, elle s'était apprêtée à quitter le monastère, Manuel et Rosa l'avaient instamment priée de rester pour la nuit dans la chambre occupée précédemment. Elle avait fait un long voyage. Elle ne pouvait reprendre la route. Elle devait se reposer.

Touchée par leur sollicitude, Lisa avait fini par accepter. Le couple avait raison. Passer la nuit au monastère était ce qu'elle pouvait faire de mieux tant elle était épuisée.

Quand elle s'était réveillée, le lendemain matin, le soleil était déjà haut dans le ciel. Il était grand temps de partir.

Lorsqu'elle avait rejoint la cuisine, pour prendre congé, Rosa avait insisté de nouveau. Elle devait prendre un petit déjeuner pendant que Manuel essayerait, une fois encore, de joindre Diego.

La ligne ne fonctionnait pas.

— Hélas, ça arrive parfois ! expliqua Manuel sincèrement navré.

Ainsi, le dernier espoir de pouvoir communiquer avec Diego s'envolait.

La mort dans l'âme, Lisa avait regagné la Seat.

Ainsi, il n'y aurait pas d'explication. Elle allait devoir reprendre sa vie en oubliant ce qui avait été et ce qui aurait pu être.

Diego s'obligea à ralentir. A cet endroit de la route conduisant au monastère, certains virages en épingle à cheveux étaient particulièrement dangereux. Il n'était pas suicidaire, mais seulement pressé. Très pressé.

Il laissa échapper un chapelet d'injures. Tout se liguait décidément contre lui.

Il se souvint de la déclaration faite à Lisa, cinq ans plus tôt. Son amour pour elle serait éternel, il durerait jusqu'à son dernier souffle de vie.

Cette déclaration était toujours d'actualité.

Mais la retrouver pour le lui répéter encore et encore semblait un défi de chaque minute.

Il s'était présenté à son appartement de Londres, la veille, en milieu d'après-midi. Vide ! Un appel téléphonique à son père lui avait révélé que Lisa logeait dans la demeure des Clayton. Gerald Pennington avait paru sur la défensive, comme s'il éprouvait quelque réticence à lui avouer où elle se trouvait.

Le taxi qui l'avait déposé devant la demeure des Clayton lui avait semblé d'une lenteur exaspérante au milieu du trafic londonien.

Sophie, la sœur jumelle de son rival, lui avait ouvert la porte, tendant son cou comme si elle cherchait à voir derrière lui.

— Où est Lisa? avait-elle demandé avant même qu'il puisse ouvrir la bouche.

— C'est ce que j'aimerais savoir.

Sans doute se tenait-elle jour et nuit au chevet de Clayton, lui rafraîchissant le front, lui donnant des baisers. Cette pensée le rendait fou.

— Elle n'est donc pas avec vous ? s'exclama Sophie, étonnée.

— Cela me semble évident, non ?

— C'est étrange ! Lisa s'est envolée ce matin, par le premier avion, pour vous retrouver. Ecoutez, elle ne m'a pas mise dans la confidence. Elle a simplement dit qu'elle ne savait pas quand elle reviendrait. L'état de santé de Ben s'améliore de jour en jour. Sans doute a-t-elle pensé qu'elle n'avait plus à rester ici.

Elle ouvrit grand la porte.

— Voulez-vous entrer un instant ?

Pour quoi faire, que diable ?

Voilà ce qu'il avait failli crier, d'une façon tout à fait inélégante. Fort heureusement, un reste de décence l'en avait empêché. Il était même parvenu à esquisser un sourire.

— Non, non, merci !

Puis, tout de go, il avait demandé :

— Votre frère et Lisa sont-ils toujours fiancés ?

Sophie l'avait regardé comme s'il était mentalement atteint.

— Bien sûr que non ! Et s'il y a une personne au monde qui devrait le savoir, c'est vous !

Ce qui lui avait donné à réfléchir.

Ainsi, au moment même où il arrivait à Londres pour la retrouver, Lisa s'envolait pour l'Espagne pour lui parler. Leurs deux avions s'étaient sans doute croisés dans le ciel. Cela ne pouvait signifier qu'une chose : Lisa ne l'avait pas rayé de sa vie !

Mais si son engagement envers Ben Clayton était rompu,

pourquoi avait-elle gardé sa bague et déclaré à Isabella qu'elle s'apprêtait à épouser l'homme qui la lui avait offerte ?

Comment avait-il pris congé de Sophie ? Il n'aurait su le dire. Tout ce qui lui importait, désormais, était de rejoindre Lisa.

Il appela Manuel, au monastère, afin qu'il la retienne jusqu'à son arrivée et laissa échapper une bordée de jurons. La ligne était occupée.

Il fit une nouvelle tentative dès son arrivée à l'aéroport. Cette fois, la ligne n'était pas occupée : il n'y avait plus de tonalité. Hélas, cela arrivait parfois.

Diego maudit ces pannes récurrentes du système téléphonique. Parfois, elles l'arrangeaient, lui permettant d'être, pour quelques heures, coupé du bruit et de la fureur du monde. Cette fois, elle le privait de toute communication avec la femme qu'il aimait. Il se plaindrait en haut lieu !

En attendant, ne le trouvant pas au monastère, Lisa allait repartir. Il devait tout faire pour ne pas la perdre une fois encore. Il se précipita à l'arrivée du vol en provenance de Séville, au cas où elle s'y trouverait. Elle ne s'y trouvait pas. Il réussit à réserver le dernier siège disponible sur l'avion en partance pour l'Andalousie.

Au volant de sa voiture de sport, il dévorait les kilomètres qui le séparaient du monastère et de celle qu'il aimait.

Totalement immergé dans ses pensées, il dut s'arc-bouter sur la pédale de frein afin d'éviter une collision dramatique avec une Seat rouge roulant en sens inverse. Les deux véhicules s'arrêtèrent pare-chocs contre pare-chocs.

Certaines personnes ne devraient pas être autorisées à conduire sur ces routes dangereuses ! La route, trop étroite à cet endroit précis, ne permettait aucun croisement. Il existait un refuge aménagé, un peu plus haut. L'autre voiture allait devoir reculer. Vite ! Il était pressé !

Les mâchoires contractées, il se glissa hors de son siège, fit deux pas, avant de s'arrêter, tétanisé.

Il venait de reconnaître la conductrice qui se tenait derrière le volant de la Seat.

Lisa !

Son cœur bondit dans sa poitrine tandis qu'il la regardait ouvrir la portière et tourner ses jambes sur le côté afin de prendre appui sur le sol et se lever.

Elle fit quelques pas et ils se retrouvèrent face à face. Elle était très pâle, ses lèvres tremblaient, des larmes embuaient ses yeux bleu azur. Elle était belle à damner un saint. Jamais encore il ne l'avait aimée comme il l'aimait en cet instant.

Il n'avait plus qu'un désir : la prendre dans ses bras, la serrer contre lui à l'étouffer, enlever à tout jamais cette détresse qu'il lisait dans ses yeux.

Il lui tendit les bras, et elle s'y précipita, se lovant contre lui, tout son corps vibrant à l'unisson du sien. Jamais plus elle ne devait douter, ni souffrir ! Il ne le supporterait pas.

— Diego…

— Chut… Ne dis rien, mon amour, mon adorée !

Il s'empara de ses lèvres pour un baiser de feu. Elle noua ses bras autour de son cou.

Les explications ne semblaient même plus nécessaires. La magie, la passion dévorante, qui, autrefois, présidaient à leurs rencontres, se manifestaient de nouveau sans qu'aucun mot ne s'impose.

C'était comme si leur baiser ne devait jamais s'arrêter.

Ils avaient si faim l'un de l'autre ! Pourquoi parler ? Pourquoi utiliser des mots alors que leurs deux corps, parfaitement enlacés, parlaient d'eux-mêmes.

Le bonheur les submergeait.

Toutefois, l'impérieux besoin de respirer les fit se détacher l'un de l'autre. Diego prit alors le visage de Lisa en coupe dans ses mains, l'obligeant à lever les yeux vers lui.

— Tu vas oublier Clayton, Lisa ! Oublier qu'il a jamais

existé. Il a de la chance d'être sur un lit d'hôpital, sinon je me serais battu pour t'enlever à lui. Je veux t'épouser.

Elle éclata d'un rire cristallin.

— Ce n'est pas drôle, Lisa ! Jamais je n'ai été aussi sérieux. Tu es à moi, rien qu'à moi, pour toujours ! Je te propose le mariage et tu ris !

Une fois encore, l'orgueil du fier Espagnol était mis à mal.

— Mais cette fois, poursuivit-il, je ne te laisserai pas t'éloigner de moi tant que je n'aurai pas glissé l'anneau nuptial à ton doigt.

— Alors, tu n'auras aucun problème. Car, crois-moi, à partir de cet instant, tu vas avoir du mal à te débarrasser de moi. Mais promets-moi de laisser Ben en dehors de notre histoire. J'ai été fiancée à lui durant quelques heures seulement, et je n'éprouve pas la moindre envie de l'épouser.

— Alors, pourquoi sa bague de fiançailles était-elle à ton doigt, et pourquoi as-tu affirmé à Isabella que tu t'apprêtais à te marier ?

Lisa rougit, honteuse.

— J'ai été stupide, je le reconnais. Ben m'avait demandé de garder sa bague en gage de notre amitié. De ton côté, tu fuyais mon regard et te comportais avec moi comme si j'étais une pestiférée dont tu avais hâte de te débarrasser. Je ne me sentais pas capable d'expliquer à Isabella la complexité de la situation. Elle me harcelait de questions et…

— Hélas, ma sœur se conduit ainsi depuis qu'elle a appris à parler ! Mais souviens-toi, Lisa, l'annonce de l'accident de Ben t'a bouleversée, et lorsque je t'ai posé la question, tu m'as répondu que tu l'aimais. Jamais tu ne sauras ce que j'ai ressenti à ce moment-là !

— Oh si, je le sais ! Lorsque j'ai pensé que tu te détournais de moi pour toujours, j'ai cru mourir de chagrin. J'aime Ben, Diego, mais comme un frère et pas comme je t'aime, toi. Dès que Ben a été hors de danger, j'ai pris le premier avion pour venir te rejoindre ici. Mais tu n'y étais pas. Où étais-tu ?

Désormais rassuré par ses paroles, Diego déposa des myriades de baisers sur ses paupières, ses joues, le long de sa gorge palpitante.

— J'étais à Londres, mon amour, à ta recherche. Moi aussi, j'éprouvais le besoin de te parler, de t'avouer que je t'aimais, que je ne pouvais vivre sans toi…

Impatient, il s'apprêtait à déboutonner son chemisier quand il s'arrêta. Il ne pouvait décemment — malgré le désir qui le taraudait — lui faire l'amour sur-le-champ.

— Nous bloquons entièrement le passage, mon aimée. Nous devons partir. Installe-toi dans ma voiture pendant que je recule la Seat jusqu'au refuge aménagé un peu plus haut.

Quelques secondes plus tard, assis derrière le volant du véhicule de location, il enclenchait la marche arrière et, dans un nuage de poussière, reculait comme il l'avait annoncé.

Quand il revint vers elle, Lisa n'avait pas bougé, de peur de se réveiller de ce qui lui apparaissait comme un rêve.

Tout cela était-il vraiment en train de se passer ? C'était tellement extraordinaire ! Diego l'aimait. Il lui avait demandé de l'épouser. Rien de plus merveilleux ne pouvait lui arriver !

Diego ouvrit la porte côté passager et l'aida à prendre place sur le siège de cuir.

— La Seat est bien garée, elle ne risque rien. Nous viendrons la chercher plus tard. Quant à toi, mon amour, désormais, tu ne me quittes plus. J'espère que tu voudras bien me pardonner de m'être si mal conduit…

Sa main sur la clé de contact, il la gratifia d'un regard rempli d'une tendresse infinie.

— Durant ces cinq dernières années, tu as hanté mes jours et mes nuits. Sans cesse, je te revoyais dans les bras de Clayton et rêvais de me venger. Les difficultés financières de l'entreprise familiale m'en ont fourni l'occasion. Je ne suis pas fier de la proposition que je t'ai faite.

— Comment pourrais-je t'en vouloir, mon amour ? Il y a cinq ans, ne me suis-je pas horriblement conduite, sous l'effet de la jalousie ? Quand je t'ai aperçu au bras de cette somptueuse créature — j'ignorais qu'elle était ta sœur — entrant tout d'abord chez un joaillier puis dans cet hôtel de luxe, je… j'ai perdu la tête. J'ai cru, alors, que tu étais un de ces gigolos qui hantent Marbella, l'été, à la recherche de riches touristes oisives. Je n'ai plus pensé, alors, qu'à me venger.

— *Querida…*

Il prit ses mains dans les siennes et déposa un tendre baiser au creux de chacune de ses paumes.

— … nous devons oublier le passé. Mais pourras-tu jamais me pardonner l'ignoble conduite que j'ai adoptée à notre arrivée ici ? Enfin, je t'avais pour moi seul. Je te désirais comme un fou et je savais ne t'être pas indifférent. J'ai alors mis au point une stratégie : te mettre sur le gril, te laisser te demander, minute après minute, quand exactement tu aurais à remplir ta part du marché. Je voulais faire monter la pression jusqu'à ce que tu me supplies de te faire mienne. Comment peux-tu aimer un pareil monstre ?

— Tu oublies une chose importante, mon amour. Au moment de passer à l'acte, tu m'as donné le choix. Je pouvais rejoindre ma chambre si je le voulais. Tu ne peux donc être entièrement mauvais.

La nuit tombait lentement, nimbant toute chose d'une incroyable couleur améthyste. Debout sur la terrasse, Lisa leva les yeux vers le ciel, guettant l'apparition des premières étoiles.

A leur arrivée, elle s'était immergée dans un bain parfumé puis s'était habillée avec le plus grand soin, revêtant pour l'occasion une des tenues luxueuses achetées par Diego, une robe de soie à la coupe si parfaite qu'elle donnait l'impression d'avoir été dessinée pour elle. Elle s'ajustait parfaitement à ses formes, les mettant en valeur. Le tissu, sur sa peau, glissait comme une caresse.

— Viens…

Arrivé sans bruit derrière elle, Diego posa ses mains sur ses hanches. Son souffle, léger, caressa sa nuque. Elle frissonna de plaisir, anticipant les délices de la nuit à venir.

— Tu es si belle…

Sa voix, rendue rauque par le désir et l'émotion, fit battre le cœur de Lisa plus vite. Lui-même était d'une élégance parfaite et l'odeur légèrement poivrée de son eau de toilette l'enivrait.

Comme dans un rêve, elle se laissa guider vers la chambre de l'hôte de la maison. Quand il en ouvrit la porte, elle étouffa une exclamation de surprise émerveillée. La pièce était remplie de roses. Il avait dû faire cueillir toutes celles du jardin. Une musique douce s'échappait des enceintes fixées au mur.

Sans un mot, il la guida jusqu'au lit sur lequel elle s'assit. Alors, mettant un genou à terre, il déclara :

— Lisa, mon adorée, veux-tu devenir ma femme ? C'est la chose que je désire le plus au monde. Je te promets de t'aimer et de te choyer jusqu'à mon dernier jour.

— Je le veux, mon amour.

S'emparant alors d'un écrin dans la poche de sa veste, il l'ouvrit et en sortit une bague sertie de diamants qu'il glissa à son doigt.

— Ceci est la bague que j'avais choisie pour toi, il y a cinq ans, à Marbella. Enfin, elle est là où elle doit être.

Les yeux de Lisa s'embuèrent de larmes. Diego avança sa main vers son visage pour les essuyer du bout des doigts. Elle vit alors la montre à son poignet.

— Tu… tu ne l'as pas jetée ? demanda-t-elle.

— De quoi parles-tu, mon ange ?

— De la montre que je t'avais offerte, il y a cinq ans.

— Non ! Jamais je ne m'en suis séparé. A mon arrivée à

Londres, quand je suis venu te faire cette infâme proposition, j'en ai acheté une autre, sans grande valeur, à l'aéroport. Si tu avais vu ta montre à mon poignet, tu n'aurais pas manqué de comprendre que tu étais toujours dans mon cœur. Et pour moi, à ce moment-là, ce n'était pas au programme.

— Et qu'est-ce qui est au programme, ce soir ?

— Devine…

collection *Azur*

Ne manquez pas, dès le 1er août

***IDYLLE À CAPE TOWN**, Abby Green* • *N°2908*

Persuadée que Dante d'Aquanni a séduit sa sœur Mel avant de l'abandonner, enceinte, Alicia se rend dans les bureaux du richissime homme d'affaires pour mettre celui-ci face à ses responsabilités. Quelle n'est pas sa surprise lorsque Dante d'Aquanni lui rétorque froidement qu'il ne connaît pas Mel…

***UNE REVANCHE IMPLACABLE**, Kate Walker* • *N°2909*

Sept ans plus tôt, Jessica est tombée folle amoureuse d'Angelos, un jeune palefrenier qui travaillait sur le domaine familial. Mais en comprenant qu'il ne voulait pas d'elle, Jessica s'est sentie si humiliée qu'elle a provoqué son renvoi. Aujourd'hui, apprend-elle avec effroi, Angelos a les moyens de prendre sa revanche. Une terrible revanche…

***LA MAÎTRESSE DE CESARE ANDRIOTTI**, Diana Hamilton* • *N°2910*

En dépit des sentiments qu'elle ressent pour lui, Bianca décide de prendre les devants et de rompre avec son amant, le beau et ténébreux Cesare Andriotti. Car cet homme hostile à tout engagement finira tôt ou tard, elle le sait, par l'abandonner et lui briser le coeur. Mais, contre toute attente, Cesare lui propose alors un surprenant marché...

***UN PATRON SI TROUBLANT,** Cathy Williams* • *N°2911*

Depuis des années, Rose travaille pour Gabriel Gessi. Et depuis des années, elle l'aime sans espoir. A l'issue d'un congé de trois mois qu'elle a pris pour aider sa sœur à s'occuper de son bébé, Rose comprend que cette situation ne peut plus durer. Pour vivre enfin sa vie et, pourquoi pas, trouver le bonheur, elle doit démissionner. Mais Gabriel, furieux, ne l'entend pas de cette oreille...

LE SECRET DES RANALDI, Carol Marinelli • *N°2912*

Caitlyn ne sait si elle doit se réjouir à l'idée de devenir l'assistante de Lazzaro Ranaldi. Sera-t-elle de taille à côtoyer jour après jour cet homme ombrageux, et, surtout, à lui cacher ce qu'elle éprouve depuis si longtemps pour lui ?

UN ÉTÉ DE FEU, India Grey • *N°2913*

Lorsqu'elle découvre qu'Angelo Emiliani veut racheter la demeure de son enfance pour en faire une clinique de luxe, Anna décide de tout faire pour contrecarrer le projet du redoutable homme d'affaires…

PRINCE ET PLAYBOY, Lucy Monroe • *N°2914*

En apprenant qu'Amir, le prince dont elle est l'assistante, doit faire un mariage de convenance, Rose sent son cœur se serrer. Comment accepter que l'homme qu'elle aime en secret, et dont elle a supporté jusqu'à présent les nombreuses aventures, lie son destin à celui d'une autre femme ?

L'HÉRITIÈRE INDOMPTABLE, Emma Darcy • *N°2915*

Alors qu'il n'était qu'un petit garçon, Jack a été chassé de chez lui par sa belle-mère. A présent qu'il est devenu un brillant et richissime homme d'affaires, Jack est déterminé à se venger de la femme cruelle et égoïste qui l'a privé de famille. Mais celle-ci a une fille, Sally, dont la beauté le bouleverse au premier regard…

LA CAPTIVE D'AL ANKHARA, Sandra Marton • *N°2916*

- Trilogie Irrésistibles Cheikhs -

SECONDE PARTIE

Quelle idiote ! Pourquoi a-t-elle accepté de se rendre à Al Ankhara malgré les mises en garde de sa mère ? se demande Layla, épouvantée. A présent, elle est retenue prisonnière, et on va lui faire épouser de force un vieux chef rebelle, violent et repoussant. Alors que tout espoir semble perdu, Layla comprend que le cheikh Khalil, le fils du sultan, représente peut-être sa dernière chance de recouvrer la liberté…

UNE BOULEVERSANTE VÉRITÉ, Anne Matherr • *N°2917*

Malgré tous ses efforts, Isobel n'a jamais pu convaincre Jake qu'elle ne lui avait pas été infidèle. Déçue, le cœur brisé, elle a dû élever seule sa fille, dont il a refusé de reconnaître la paternité. Et voilà que Jake sonne un matin à sa porte pour réclamer le divorce. Un divorce qui lui permettra de se remarier…

Attention, numérotation des livres pour le Canada différente : numéros 1529 à 1534

A paraître ce mois-ci

Best-Sellers n°382 • thriller

Collection macabre - Erica Spindler

A La Nouvelle-Orléans, la découverte d'un squelette de femme à la main coupée relance une affaire restée sans suite deux ans plus tôt : après avoir retrouvé plusieurs mains de femmes coupées, la police n'avait pas réussi à arrêter celui que la presse avait surnommé « le collectionneur». Chargée de l'enquête, l'inspecteur Patty O' Shay est sous le choc quand elle apprend que le badge de police de son mari, assassiné deux ans plus tôt, est retrouvé avec le squelette. Dès lors, elle n'a plus qu'une idée en tête : retrouver « le collectionneur ». Quel qu'en soit le prix…

Best-Sellers n°383 • roman

L'enfant du scandale - Barbara Delinsky

Hugh et Dana forment un couple harmonieux malgré leurs différences. Si Dana vient d'un milieu modeste et n'a jamais connu son père, Hugh, issu de la bourgeoisie bostonienne, a dû lutter pour faire accepter son épouse dans sa famille. Alors que l'arrivée d'un enfant semble apaiser les passions, c'est un véritable scandale que déclenche la naissance de la petite fille. Car, contre toute attente, le bébé a la peau sombre. Abasourdis, déchirés entre la joie et la soif de réponses, les jeunes parents décident d'explorer leurs racines, au risque de déterrer les secrets du passé…

Best-Sellers n°384 • suspense

Un danger dans la nuit - Lisa Jackson

Je sais ce que tu as fait, confesse tes péchés…

En écoutant ce message sur son répondeur, la psychologue Samantha Leeds plonge en plein cauchemar. Car l'appel lui rappelle le drame qui a marqué sa vie : le suicide d'Annie, une jeune auditrice perturbée qu'elle n'a pas pu sauver. Terrifiée, Samantha l'est d'autant plus que le harceleur est devenu un tueur qui viole et étrangle ses victimes en écoutant son émission. Tandis que les inspecteurs Bentz et Montoya pistent le meurtrier, Samantha se réfugie auprès de Ty Wheeler, son nouveau voisin, le seul homme auquel, croit-elle, elle peut encore faire confiance…

Best-Sellers n°385 • thriller

Tu tueras pour moi - Andrea Ellison

Dix jeunes femmes au teint d'albâtre et aux cheveux de jais, aux lèvres maquillées de rouge sang…Une série de crimes qu'à Nashville, personne n'a oubliés. Vingt ans plus tard, la ville est de nouveau plongée dans la peur tandis que quatre nouvelles victimes sont découvertes, tuées selon le même rituel. Mais pour les enquêteurs, pas de doute : ces crimes portent la signature sanglante du tueur. Pour Taylor Jackson, le lieutenant chargé de l'enquête, l'affaire prend une tournure personnelle : car un détail dans le profil de l'assassin a réveillé des souvenirs enfouis au plus profond d'elle-même…

Best-Sellers n°386 • thriller

La forêt de la peur - Michelle Gagnon

Dans les Appalaches, un terrifiant ossuaire est découvert. Pour l'agent Kelly Jones, du FBI, cette enquête tombe vraiment mal : elle espérait trouver dans les bras de Jake, ex flic reconverti dans la protection rapprochée, la force de surmonter le choc que lui a causé la mort tragique de son coéquipier. Mais d'autres corps sont retrouvés, portant la trace d'horribles sévices. Dès lors, Kelly ne peut s'empêcher de s'impliquer. Elle découvre qu'il n'y a pas un, mais deux tueurs. Deux assassins rivaux, lancés dans une atroce surenchère…

Best-Sellers n°387 • historique

La tentation de lady Blanche - Brenda Joyce

Londres et la Cornouailles, 1822

Sous des airs frivoles de riche héritière, Blanche Harrington cache une nature tourmentée, hantée par un drame de son enfance. Depuis, elle s'est juré de ne jamais se montrer vulnérable. Et de ne jamais accorder sa confiance à un homme. Mais sa rencontre fortuite avec sir Rex de Warenne, qu'elle surprend dans les bras d'une servante, va ébranler ses certitudes. A la fois choquée et fascinée par tant d'impudeur, Blanche ne peut s'empêcher de ressentir pour cet homme une attirance inavouable…

Best-Sellers n°388 • roman

Les amants de l'été - Susan Wiggs

Rosa Capoletti a de quoi être fière : orpheline de mère, elle s'est construite seule et fait carrière dans la restauration de luxe. Mais elle est toujours célibataire car elle ne peut oublier son premier amour : Alex Montgomery, le fils des riches voisins qui séjournaient chaque été sur la côte. Rosa n'a pas oublié leurs premiers baisers, et l'abandon, lâche et inexplicable, d'Alex, sorti de sa vie en entrant à l'université. Obsédée par ce douloureux souvenir, Rosa est pourtant décidée à rompre avec son passé. Mais voilà que, dix ans après son départ, Alex est de retour…

Composé et édité par les
éditions Harlequin
Achevé d'imprimer en juin 2009

CPI
Bussière

à Saint-Amand-Montrond (Cher)
Dépôt légal : juillet 2009
N° d'imprimeur : 90560 — N° d'éditeur : 14349

Imprimé en France